LA SŒUR AINÉE

QUATRIÈME SÉRIE. — FORMAT IN-8°.

LA SŒUR AINÉE

QUATRIÈME SÉRIE. — FORMAT IN-8°.

POITIERS. — TYPOGRAPHIE OUDIN ET Cie.

Macha s'assit et prit les petits chats sur ses genoux.

NOUVELLE BIBLIOTHÈQUE ILLUSTRÉE DE VULGARISATION

Mme A. ANNEMSKAIA

LA SŒUR AINÉE

ADAPTÉ DU RUSSE

PAR

LÉON GOLSCHMANN ET ERNEST JAUBERT

Illustrations de MARIUS LIÉGER

PARIS
LECÈNE, OUDIN ET Cie, ÉDITEURS
15, RUE DE CLUNY

1894

LA SŒUR AINÉE

CHAPITRE PREMIER.

LES ORPHELINS.

Par une brumeuse journée d'octobre, près d'une tombe fraîchement comblée, au cimetière Smolensky, se tenaient deux enfants : un petit garçon et une fillette.

La fillette était affaissée sur ses genoux et, la face contre la tombe, sanglotait. Le petit garçon, avec une expression moitié effrayée, moitié perplexe, regardait autour de lui et de grosses larmes coulaient lentement sur sa figure pâlotte.

Un homme de haute taille, corpulent, s'approcha à pas rapides des enfants et, posant sa main sur l'épaule du garçonnet, il dit, d'une voix qui était loin d'être douce :

— Allons, assez pleuré. Les larmes ne ressusciteront pas la morte ; il faut nous dépêcher de partir, le train s'en va dans trois quarts d'heure. Macha (1), lève-toi !

Il prit le garçonnet par la main et, sans même regarder si la fillette le suivait, il se dirigea rapidement vers la sortie du cimetière. Macha se releva, se tint quelques instants immobile devant la tombe, comme si elle ne pouvait pas s'arracher de là, puis, voyant que ses compagnons étaient déjà loin, elle courut les rejoindre.

L'homme fit asseoir les enfants dans la voiture qui les attendait près du cimetière et, après avoir donné au cocher l'ordre d'aller aussi vite que possible, il prit lui-même place à côté d'eux.

— Mon oncle, demanda la fillette d'une voix mal assurée, est-ce que nous ne passerons pas chez nous avant de partir ?

— Certes non, repartit l'homme, tu crois donc que j'ai du temps de reste ? C'est bien assez que j'aie perdu inutilement une semaine entière à Saint-Pétersbourg ! Qu'est-ce que vous avez aussi à faire chez vous ? Tout y est enlevé, vos malles sont envoyées aux bagages, et j'ai donné des ordres pour qu'on vende le reste.

Après ces mots, prononcés d'un ton qui n'engageait pas à continuer la conversation, le silence s'établit dans la voiture. Les chevaux galopaient et ils s'arrêtèrent bientôt près de la gare du chemin de fer. Il ne restait plus que cinq minutes avant le

(1) Macha, diminutif de Maria.

départ du train. L'homme prit rapidement les billets, poussa les enfants dans un des wagons de troisième et lui-même se dirigea vers un compartiment de seconde.

Les enfants s'assirent côte à côte dans un coin.

Le train s'ébranla. La fillette jeta un regard autour d'elle ; ceux qui l'entouraient étaient tous des inconnus, occupés de leurs propres affaires, et qui ne faisaient pas la moindre attention aux enfants.

— Que je suis contente qu'il n'ait pas pris place avec nous ! fit la fillette avec un soupir de soulagement. Il est très méchant. N'est-ce pas, Fédia (1) ?

— C'est encore heureux qu'il soit riche, répondit le garçonnet. La niania (2) nous a raconté qu'il avait une grande maison et des chevaux à lui ; crois-tu qu'il me permettra de monter un peu son cheval, Macha ?

— Je ne sais pas ; c'est égal, il est tout de même bien méchant. Il n'a pas pleuré maman. Je ne l'aimerai pas.

— Ne parle pas si haut, Macha, lui dit le garçonnet, en jetant de timides regards autour de lui ; qui sait ? il pourrait nous entendre et se fâcher.

(1) Fédia, diminutif de Fédor.

(2) *Niania* veut dire *bonne d'enfants*, mais en Russie la *niania* représente un type particulier à part et profondément sympathique ; la vraie *niania* reste dans la même famille, où non seulement elle « élève » tous les enfants, mais qu'elle ne quitte pas jusqu'à sa mort. Aussi n'est-il pas étonnant qu'elle devienne, pour ainsi dire, un membre de la famille et soit très aimée de tous ses *petits* et *petites*, lesquels plus tard, cinquantenaires, ne cessent pas de traiter avec amour et déférence leur bonne vieille *niania*.

— Qu'il se fâche ! s'écria la fillette. Si maman avait su ce qu'il est, elle ne nous aurait pas confiés à lui.

La fillette cacha sa figure dans ses mains et fondit en larmes.

— Macha, ne pleure pas, ma chérie, fit le petit garçon en caressant sa sœur ; maman nous a défendu de pleurer, tu t'en souviens ? Est-ce que tu voudrais désobéir à maman ?

Macha essuya sa figure et fit un effort pour retenir ses larmes.

— Fédia, dit-elle après quelques instants de silence, en prenant son frère par la main, et toi, te rappelles-tu ce que nous a encore dit maman ?

— Je me le rappelle, répondit le petit garçon, elle nous a ordonné de nous aimer. Je t'aime beaucoup, Macha.

— Je t'aime tout autant. Je t'ai toujours aimé et maintenant je t'aimerai encore plus. Je suis plus âgée que toi, j'ai déjà onze ans, et toi, tu n'en as pas encore dix : je prendrai soin de toi et je ne permettrai à personne de te faire du mal, à personne !

Le garçonnet posa sa tête sur l'épaule de sa sœur et se serra contre elle, comme pour se mettre sous sa sauvegarde. Elle le tint embrassé en le regardant d'un air d'affectueuse protection.

Macha et Fédia Gourieff avaient perdu leur père à un âge très tendre. Jusqu'alors ils n'avaient jamais eu l'occasion de déplorer cette perte, grâce à la douce sollicitude avec laquelle ils avaient été élevés par leur mère. La petite fortune laissée par son mari

La fillette était affaissée sur ses genoux.

avait permis à Véra Ivanovna Gourieff d'assurer à ses enfants, sinon la richesse, du moins l'aisance, et de satisfaire tous leurs modestes désirs. Ne connaissant pas la gêne, entourés sans cesse de l'amour empressé et prévoyant de leur mère, les enfants vivaient complètement heureux, quand tout à coup un malheur inattendu s'abattit sur eux. Par une froide journée de printemps, Véra Ivanovna, obligée de faire un petit voyage aux environs de la ville pour affaires, prit froid et tomba malade. Tout d'abord, la maladie n'offrait rien de grave, si bien qu'elle n'y fit pas attention et continua de sortir et de vaquer à ses affaires, comme si de rien n'était. Cette insouciance contribua à aggraver le mal ; et quand, après une dizaine de jours, elle s'alita, le médecin appelé déclara franchement que la maladie était très sérieuse. Les enfants en conçurent un grand chagrin ; ils soignaient leur mère aussi bien qu'ils pouvaient, tâchaient de l'incommoder le moins possible, mais l'idée d'un danger ne leur venait même pas à l'esprit. Au bout d'un mois, Véra Ivanovna se sentit mieux, en apparence. Elle quitta le lit et peu à peu se remit même à ses affaires et à ses occupations domestiques. Le médecin conseillait à la malade de partir immédiatement pour l'étranger, mais elle ne voulut même pas en entendre parler.

— Je suis tout à fait bien portante maintenant, je n'ai plus qu'un peu de faiblesse, disait-elle d'une voix basse et entrecoupée. J'irai à la campagne, et là je me rétablirai ; voilà tout.

Mais la campagne lui fit peu de bien. Pendant l'été, elle se maintint encore tant bien que mal, mais au mois de septembre elle s'alita définitivement. Sentant que sa fin était proche, elle écrivit à R*** au frère de son mari, le seul proche parent des enfants, en le priant de venir et de s'intéresser au sort des pauvres orphelins.

Grigory Matvéïévitch Gourieff répondit qu'il ne tarderait pas à venir, aussitôt que ses affaires le lui permettraient, et il arriva deux jours avant la mort de sa belle-sœur. Il en coûtait à Véra Ivanovna de dire adieu à la vie; il lui était dur de se séparer de ses enfants si tendrement aimés! Elle ne connaissait presque pas son beau-frère, mais au premier coup d'œil jeté sur sa dure physionomie, aux premiers sons de sa voix rude et aigre, elle sentit qu'il était incapable de servir de père aux orphelins.

— Soyez bons pour eux, le suppliait-elle, en serrant de ses doigts pâles et amaigris la large main musculeuse de son beau-frère; vous aussi, vous avez des enfants... leur père était votre frère... en mémoire de lui, n'abandonnez pas ses orphelins.

— Mais voyons, pourquoi vous émouvoir ainsi? répondait Gourieff; que parlez-vous de mourir? Allez, vous vous rétablirez, vous les élèverez vous-même; si pourtant il arrive quelque chose, certes, je ne suis pas un scélérat, je ne les abandonnerai point.

« Il est peut-être meilleur qu'il ne le paraît », pensa en soupirant la malade; et cette idée adoucit les derniers moments de sa vie.

Pendant sa maladie, Véra Ivanovna avait, à plusieurs reprises, entretenu ses enfants de sa mort, et tâché de les préparer à la séparation éternelle.

Macha et Fédia.

— Bientôt, je ne serai plus, mes chéris, leur disait-elle; vous resterez orphelins dans ce monde, sans père ni mère. Aimez-vous l'un l'autre de toutes vos forces, tâchez de vous entr'aider en tout, de vous soutenir mutuellement... Macha, tu es l'aînée, prends soin de ton frère, tant qu'il sera petit... Et toi, Fédia, tu deviendras un homme, tu seras plus fort que ta sœur, tu es même maintenant plus circonspect et plus prudent qu'elle; défends-la... Ne permettez pas que des méchants vous persécutent l'un ou l'autre...

— Maman, maman, ne parle pas ainsi, sanglotait Macha, en appuyant sa tête contre l'oreiller de sa mère, tu ne mourras pas... si tu meurs, je meurs avec toi.

« Pourquoi nous persécuterait-on ? raisonnait Fédia en réponse aux paroles de sa mère; je suis petit, je ne fais de mal à personne, personne ne m'en fera. »

En dépit des avertissements de ce genre que Véra Ivanovna, dans les dernières années de sa vie, avait plus d'une fois donnés à ses enfants, sa mort leur parut quelque chose d'incroyable, d'inattendu. Ils regardaient avec frayeur le corps pâle et froid, couché sur une grande table au milieu de la salle à manger, et ne reconnaissaient pas, dans la face inanimée de la défunte, les traits de leur mère chérie. Tout ce qui se passait autour d'eux leur semblait une sorte de cauchemar. Ils ne voyaient presque pas leur oncle ; il entrait chez eux pour quelques instants, donnait des ordres aux domestiques et partait de nouveau, sans presque faire attention à ses neveux. La veille de l'enterrement, il leur dit :

— Demain, je m'en retourne chez moi et vous m'accompagnerez ; j'ai recommandé à la femme de chambre de faire vos malles ; je vous en prie, n'emportez pas avec vous toutes sortes de bagatelles ; j'ai sans cela assez de vieilleries dans la maison.

Les enfants auraient bien aimé savoir avec plus de détail où on allait les conduire et comment ; mais leur oncle se détourna d'eux et sortit sans répondre à leurs questions.

Nous avons vu que, même après l'enterrement de leur mère, il ne les traita pas avec plus de douceur, de sorte que Macha avait des raisons pour le considérer comme un méchant homme et pour regretter que sa mère les eût confiés, elle et Fédia, précisément à ce méchant homme.

Le voyage en chemin de fer fut une distraction pour les enfants et leur fit, par moments, oublier leur chagrin. Dans les gares où le train s'arrêtait pour un certain temps, leur oncle venait à eux, les conduisait au buffet, leur donnait à manger et à boire, après quoi il les installait de nouveau dans le wagon, tout en ne leur adressant que les paroles indispensables. Quand la nuit tomba, les enfants eurent peur dans le wagon mal éclairé; le sommeil les gagnait, et cependant ils ne pouvaient s'endormir, assis sur les durs bancs de bois, au bruit des conversations incessantes de leurs voisins.

— Comme on est mal ici, Macha, soupirait Fédia; je veux dormir et je n'ai pas où poser ma tête.

— Pose-la sur mon épaule, mon chéri, proposa Macha, peut-être t'endormiras-tu de cette façon.

— Et toi, Macha?

— Moi, je ne dormirai pas quand même. J'ai tant peur et je suis si triste !

Fédia posa sa tête sur l'épaule de sa sœur et bientôt il tomba dans un profond sommeil ; mais Macha ne dormait pas.

Des pensées tristes et douloureuses traversaient l'esprit de la fillette. Tantôt elle se rappelait sa vie heureuse avec sa mère, tantôt elle songeait au sort qui lui était réservé dans la maison de l'oncle à l'aspect si rébarbatif. Macha savait que cet oncle avait une femme et des enfants, mais elle n'avait aucune idée de ce qu'ils pouvaient être.

« Un homme aussi méchant doit nécessairement avoir une famille toute pareille à lui ! » se disait-elle.

Dans sa mémoire revivaient tous les contes autrefois lus par elles sur de méchantes tantes persécutant de malheureuses nièces; et elle tremblait à la pensée des calamités qui l'attendaient, elle et son frère.

Toute la journée suivante se passa encore à voyager et les enfants n'arrivèrent à R*** que tard dans la soirée.

Ils étaient si fatigués qu'ils se tenaient à peine sur leurs jambes, et Grigory Matvéïévitch fut obligé de les conduire par la main jusqu'à la voiture qui les attendait à la gare. Après un quart d'heure de course sur un pavé détestable, elle s'arrêta devant le perron d'une petite maison de pierres à deux étages. Le domestique accouru ouvrit la portière, baisa servilement la main de Grigory Matvéiévitch et l'aida à descendre de voiture en murmurant d'une voix obséquieuse :

— Le ciel soit loué, vous voilà enfin revenu, maitre.

A la porte de la maison apparut, une bougie à la main, une grosse et rougeaude femme de chambre qui, elle aussi, baisa respectueusement la main du maître ; et à peine Gourieff avait-il le temps de monter les cinq premières marches d'un large escalier qu'une femme grande, maigre, dont les joues jaunes et creuses s'encadraient, disgracieusement, de petites boucles foncées, courut à sa rencontre.

— Frère chéri, — se mit-elle à lui dire d'une voix doucereuse (quoiqu'il ne fût que son cousin) — que je suis contente ! nous nous sommes tant ennuyés sans vous !

Gourieff serra la main de sa cousine, sans manifester le moindre plaisir de l'accueil aimable qu'elle lui faisait.

— Où sont donc les enfants avec Anna Mikhaïlovna ? — demanda-t-il en continuant de monter.

— Les enfants dorment ; Anna Mikhaïlovna ne leur a pas permis d'attendre votre arrivée. Wolodia voulait absolument venir au-devant de vous, et moi aussi je disais qu'il fallait bien permettre à l'enfant de voir son père : ce n'est pas peu de chose. Voilà plus d'une semaine que vous étiez absent... Eh bien ! Anna l'a emporté, comme de raison ; elle s'est couchée aussi, à ce qu'il paraît. Maintenant, je ne sais... Elle s'est levée, peut-être.

Dans la vaste antichambre, le valet de pied et la servante se mirent en devoir d'enlever à Gourieff son pardessus, ses galoches, son cache-nez et jusqu'à ses gants ; après quoi, accompagné de sa cousine en boucles, il fit son entrée dans la salle à manger, brillamment éclairée, au milieu de laquelle était dressée une grande table, avec le couvert mis pour le souper et le thé. Près de la fenêtre, le front appuyé contre la vitre froide, se tenait une femme encore jeune, de petite taille, maigrelette, à la figure pâle et maladive. En entendant le bruit de la porte qui s'ouvrait, elle tressaillit et, s'avançant vivement vers le nouveau venu, lui tendit la main, en s'efforçant de faire naître sur son visage un sourire affable. Gourieff lui effleura légèrement le front de ses lèvres et articula entre ses dents :

— Voyez donc, elle n'a même pas pu venir au-devant de moi ?

Puis, se tournant vers la porte, par laquelle entraient en ce moment les orphelins, qui timidement le suivaient :

— Voilà ! dit-il, en les désignant à sa cousine et à sa femme, je vous amène du monde ; réjouissez-vous : on n'en a pas assez de ses mioches à soi.

— Ce sont les enfants de Serge Matvéïévitch ? demanda la cousine.

— Et de qui veux-tu donc qu'ils soient ? Leur mère a bien voulu me choisir pour tuteur. La belle tutelle ! toute leur fortune ne suffira même pas à leur acheter des chaussures. Et me voilà obligé d'assumer tous ces tracas.

— Pauvres petits ! fit Anna Mikhaïlovna.

Et, s'approchant des enfants, elle les embrassa fortement tous les deux.

Cette caresse, la première qu'ils recevaient dans la maison étrangère, émut tellement Macha, qu'elle était sur le point de se jeter au cou de sa tante et d'épancher, avec ses larmes, toute sa douleur dans le sein d'Anna Mikhaïlovna, lorsque la voix dure de son oncle l'arrêta.

— Qu'est-ce donc que cela ? As-tu perdu la tête ? cria-t-il à sa femme ; — tu t'occupes des enfants, et ton mari, à peine revenu de voyage, reste là sans manger !

— Tout de suite, tout de suite, cher frère, intervint la demoiselle en boucles ; je vais vous faire servir des hors-d'œuvre... Veuillez ne pas vous fâcher, tout sera prêt en un instant.

Et elle sortit presque en courant de la pièce, tandis qu'Anna se mettait à déplacer la vaisselle qui se trouvait sur la table, évidemment dans le but unique de montrer qu'elle aussi s'occupait de quelque chose.

Quelques instants plus tard, le valet de pied entra dans la pièce, en portant un « samovar » (1) bouillant ; derrière lui venait la femme de chambre, un énorme plateau à la main, garni de toutes sortes de hors-d'œuvre ; la cousine suivait, avec deux bouteilles d'eau-de-vie.

— Mangez, cher frère, fit-elle en s'adressant à Grigory Matvéïévich. Je vous ai fait préparer exprès un cochon de lait à la crème douce, que vous aimez tant ; voici également des poussins rôtis. Mais d'abord prenez un petit verre d'eau-de-vie, cela vous remettra après la fatigue du voyage.

(1) Bouilloire à thé.

— Merci, merci ! Toi, du moins, tu prends soin de moi.

Gourieff prit un petit verre, s'assit à table et se mit à manger de grand appétit. Sa cousine se tenait à côté de lui ; elle le servait et cherchait de toute manière à lui être agréable. Mme Gourieff préparait le thé. Personne ne songeait aux enfants, demeurés immobiles sur le seuil, fatigués, affamés, malheureux. La première qui pensa à eux fut Anna Mikhaïlovna.

— Il faudrait servir aussi quelque chose aux enfants, ils doivent avoir bien faim après le voyage, fit-elle d'une voix timide.

— Eh bien, qu'est-ce que tu attends, alors ? répondit Gourieff ; donne-leur à manger.

Anna Mikhaïlovna plaça avec bonté les enfants à côté d'elle et leur servit du rôti, des tartines et du thé. Les pauvrets étaient si fatigués, qu'ils pouvaient à peine avaler.

— Et où les coucheras-tu pour cette nuit ? demanda Gourieff, après avoir satisfait son appétit, et en se mettant à prendre du thé.

— Je n'en sais vraiment rien, répondit Anna Mikhaïlovna ; dans la chambre des enfants, il n'y a pas assez de place ; en bas, on n'a pas chauffé... Si Glafira Pétrovna voulait leur permettre de passer une nuit dans sa chambre ?

— Comment donc, est-ce que je puis ne pas le leur permettre ? répondit avec une feinte humilité Glafira Pétrovna ; n'êtes-vous pas la maitresse de la maison ? Si vous m'ordonniez même de céder mon lit à ces chers petits et de me coucher moi-même par terre, je le ferais tout aussi bien...

— Assez de sottises comme cela, l'interrompit Grigory Matvéïévitch ; personne ne te demande de coucher par terre, dors en paix dans ton lit ; mais ta chambre ne perdra rien, si les enfants y passent une nuit. On peut leur mettre un matelas sur le plancher : ils s'endormiront bien vite. Donne les ordres nécessaires, Anna.

Anna sortit et revint quelques minutes après chercher les enfants. Macha et Fédia ne se rappelèrent que d'une manière confuse comment la tante les amena pour leur faire dire bonsoir à l'oncle, comment elle les conduisit dans la chambre qui leur avait été destinée, les déshabilla elle-même et les coucha sur un grand matelas de duvet posé pour eux dans un coin de la chambre de Glafira Pétrovna. Le sommeil s'empara d'eux et ce sommeil bienfaisant leur fit bientôt oublier et la fatigue, et tous les ennuis passés, et toutes leurs appréhensions pour l'avenir.

CHAPITRE II.

LE PREMIER JOUR PASSÉ DANS LA NOUVELLE FAMILLE.

Le lendemain, les enfants furent éveillés par la femme de chambre.

— Levez-vous... plus vite... Glafira Pétrovna est déjà assez mécontente que vous ayez occupé sa chambre, disait-elle, en secouant légèrement les dormeurs.

Les enfants se levèrent avec une rapidité dont ils n'avaient jamais fait preuve dans la maison de leur mère et se hâtèrent de s'habiller avec l'aide de la serviable femme de chambre ; ils l'étaient presque complètement quand Anna Mikhaïlovna entra dans la chambre.

— Eh bien, comment avez-vous passé la nuit, mes chéris ? demanda-t-elle, en embrassant les enfants encore plus tendrement que la veille.

Ils répondirent qu'ils avaient dormi comme des marmottes.

— Dis donc, Douniacha, fit-elle en s'adressant à la femme de chambre, il faudrait leur donner à manger ; ils doivent avoir faim, je suppose, et il y a encore longtemps à attendre jusqu'au dîner.

— Je ne sais vraiment comment faire, repartit Douniacha, on pourrait demander à Glafira.

— Ah ! non !... mais comment donc faire... est-ce qu'il n'est rien resté du thé des enfants ?

— Comment en resterait-il, Madame ? Vous savez bien ce qu'on leur donne !

A l'air de Mme Gourieff, on voyait qu'elle le savait sans aucun doute, et qu'elle n'avait fait sa question que pour dire n'importe quoi.

— Ecoute, Douniacha, reprit-elle en baissant la voix, va trouver Glafira Pétrovna, dis-lui qu'on ne peut pas laisser ainsi mourir de faim les enfants d'autrui...; prie-la de me donner quelque chose pour eux... Tu me l'apporteras dans ma chambre, où je vais les emmener.

Macha et Fédia avaient entendu toute cette conversation mot pour mot, et certes elle n'était pas de nature à les mettre en bonne humeur. Macha avait même envie de refuser un déjeuner si difficile à obtenir ; mais la faim commençait à tourmenter fort la pauvre fillette, qui n'avait presque rien mangé au souper de la veille.

Mme Gourieff emmena les enfants dans sa chambre dont une moitié, séparée par une tenture en laine, servait de chambre à coucher, et l'autre représentait comme un boudoir ou un petit salon, garni des meubles les plus divers. A peine les enfants avaient-ils pris place sur un petit canapé bas auprès de leur tante et répondu aux quelques questions qu'elle leur adressa sur leur vie passée, que Douniacha parut, portant dans ses mains deux tasses d'eau tiède légèrement coupée de thé, presque sans sucre, avec deux minces tranches de pain. Anna Mikhaïlovna qui, évidemment, ne s'attendait pas à ce que ses neveux eussent un déjeuner, si maigre fût-il, en parut charmée ; mais les enfants qui, chez eux, étaient habitués à une autre nourriture, ne partageaient pas le moins du monde sa joie, tout en s'abstenant, par délicatesse, de lui dire qu'ils auraient préféré quelque chose de plus substantiel et de plus savoureux.

— Et maintenant, dit Mme Gourieff quand ils eurent pris le thé et que Douniacha eut remporté les tasses vides, je vais vous mener dans la chambre de mes enfants : vous ferez connaissance avec eux.

La chambre des enfants était une petite pièce, située à côté de la cuisine, au bout d'un long couloir. Il s'y trouvait trois lits, une grande commode, une armoire, une table longue, et tous ces meubles encombraient tellement la pièce, qu'il restait à peine trois mètres carrés d'espace libre au milieu. Le spectacle qui s'offrit aux enfants, à leur entrée, était encore moins attrayant que le décor. Deux garçons, l'un de dix, l'autre de douze ans, se battaient avec rage, en se portant des coups à tort et à travers. Une petite fille de six ans, apparemment affrayée par cette lutte, était montée sur le lit et pleurait bruyamment.

— Mon Dieu, vous vous battez encore, mes enfants, s'écria Mme Gourieff en se précipitant vers les garçons. N'avez-vous pas honte ? Wolodia, cesse donc... Léon, laisse-le !

Mais les enfants, sans tenir compte des exhortations de leur mère, continuaient à se frapper l'un l'autre. Tout à coup, l'aîné, rassemblant ses forces, poussa son frère, qui tomba sur le plancher en donnant de la tête contre la table.

Les deux garçons se battaient avec rage.

— Seigneur ! mais tu peux le tuer ainsi ! s'écria Anna Mikhaïlovna en s'élançant vers son fils cadet.

Elle le releva, le serra contre sa poitrine et examina avec épouvante la grande tache rouge qu'il avait sur le front.

— Et pourquoi lui-même s'attaque-t-il toujours à moi ? riposta l'aîné. Tenez, regardez comme il m'a égratigné la main !

Et il montra à sa mère une large égratignure d'où perlaient encore des gouttelettes de sang.

— Mais toi, tu es l'aîné ; tu devrais lui apprendre à se bien conduire, l'arrêter dans ses écarts, et tu es pire que lui.

— Non, cela n'est pas vrai. Vous le dites, parce qu'il est votre favori. Eh bien, moi, je vais me plaindre à papa de ce qu'il m'a égratigné.

— Je m'en vais t'égratigner encore plus ! lui cria le cadet d'une voix rageuse, en s'efforçant de s'arracher aux bras de sa mère. Je te rosserai à mort un jour ou l'autre.

— Alors, cela aussi, je le dirai à papa.

Le cadet avait déjà fermé ses poings et il allait se jeter avec une nouvelle fureur sur son frère, lorsque Glafira Petrovna entra dans la chambre.

— Eh bien ! Anna Mikhaïlovna, fit-elle en s'adressant à sa cousine, vous vous occupez là de bagatelles, tandis que mon cousin se fâche de ce que les enfants ne viennent pas lui souhaiter le bonjour.

— Vous entendez, mes enfants, allons voir papa, dit Mme Gourieff toute joyeuse à l'idée que, de cette façon, les batailles cesseraient au moins pour quelque temps.

Elle prit par la main la petite fille qui s'était un peu calmée à l'arrivée de sa mère ; l'aîné des garçons courut en avant ; Macha et Fédia le suivirent à contre-cœur, tandis que le cadet restait en arrière.

Grigory Matvéïévitch venait à peine de se lever, quoiqu'il fût déjà onze heures passées, et il était assis dans la salle à manger, où il prenait du café et faisait honneur à un copieux déjeuner. Il paraissait de bonne humeur et, en apercevant les enfants, il dit d'une voix bienveillante :

— Ah! bonjour, les petits! Enfin, vous venez voir votre père.

— Papa, s'écria Wolodia, en accourant le premier, regarde comme Léon m'a égratigné !

Et il tendit son bras vers son père.

Gourieff fronça les sourcils.

— Tu as encore fait des tiennes, louveteau, — fit-il d'une voix sévère à son fils cadet, approche ici !

Le garçonnet s'avança de quelques pas ; il se tenait la tête baissée, en regardant son père en dessous, d'un œil mauvais et courroucé.

—Un louveteau, un vrai louveteau ! grommela Grigory Matvéïévitch entre ses dents.

Puis, frappant du pied, il cria d'un ton menaçant :

— Regarde-moi en face, quand je te parle, vaurien, lève la tête !

Léon ne bougea pas.

— Lève donc ton museau, te dis-je!

Il saisit l'enfant par les cheveux et le força à lever la tête ; mais Léon baissa les yeux et il était évident, à l'entêtement qu'exprimait sa figure, que rien ne les lui ferait lever sur son père. Gourieff le comprit.

— Ote-toi de devant ma vue! cria-t-il, et n'ose plus paraître en ma présence, vaurien entêté !

Il poussa l'enfant vers la porte avec une telle violence que celui-ci put à peine se maintenir sur ses jambes ; puis, s'adressant à Anna Mikhaïlovna, il prononça d'une voix courroucée :

— Il est gentil, ton favori ; il faut en convenir.

Anna Mikhaïlovna regardait toute cette scène avec une expression de frayeur et d'inquiétude. Elle ne répondit rien à l'observation de son mari, mais elle soupira profondément et essuya furtivement les larmes qui lui vinrent au yeux.

— Et toi, pourquoi ne dis-tu pas bonjour à ton père ? dit Gourieff à sa petite fille, qui, épouvantée par sa colère, avait caché sa tête dans la robe de sa mère.

— Va, Lioubotchka, n'aie pas peur, fit Anna Mikhaïlovna en amenant la petite auprès de son mari.

— Sotte ! qui a peur de son propre père, dit-il, en tendant sa main à sa fille pour la baiser.

Puis vint le tour de Macha et de Fédia. A eux aussi l'oncle tendit sa main qu'ils durent baiser dévotement. Macha dissimulait à peine son dégoût, tandis que Fédia, effrayé par tout ce qui venait de se passer, fit de son mieux pour prononcer de sa voix la plus respectueuse : « Bonjour, mon oncle » ; de quoi il fut récompensé par un sourire bienveillant de Grigory.

Après cette cérémonie, les enfants reçurent l'ordre de retourner dans leur chambre. Léon n'y était pas, et personne ne se soucia de savoir ce qu'était devenu l'enfant que son père avait chassé de sa présence. Wolodia et Lioubotchka examinaient avec curiosité leurs parents inconnus.

— Vous êtes ces neveux de papa, dont la mère a été malade et que papa est allé voir ? demanda Wolodia.

— Oui, ceux-là mêmes, répondit Macha.

— Alors, vous habiterez toujours chez nous ?

— Probablement, toujours.

— Ah, j'en suis bien aise ! Nous jouerons ensemble ; sans cela je n'ai pas avec qui jouer. Lioubotchka est trop petite, et Léon est si méchant, il ne fait que se battre.

— C'est toi qui es méchant, fit Macha d'une voix sérieuse. Pourquoi t'es-tu plaint de ton frère à ton papa, puisque toi aussi tu l'avais battu ? Je ne veux pas jouer avec toi.

Wolodia regarda sa cousine avec étonnement. Il ne s'attendait visiblement pas à une telle réponse de sa part.

— Et toi, est-ce que tu ne joueras pas non plus avec moi ? reprit-il en se tournant vers Fédia.

— Si, pourquoi pas ?... je veux bien, répondit Fédia, qui craignait tous et tout dans cette maison.

— Eh bien ! voilà qui va à merveille, fit joyeusement Wolodia ; et toi, reste là toute seule, puisque tu es si bête, dit-il à Macha.

La fillette, sans faire attention à son insolence, s'approcha de Lioubotchka et se mit à la questionner sur ses joujoux. La petite lui fit voir tout de suite tous ses trésors, qui se composaient d'une poupée en chiffons, d'un petit cheval sans jambes, de deux pots à pommade et d'une petite boîte rouge. Macha essaya d'organiser un jeu avec ces misérables jouets, mais Wolodia se dépita de ce que les fillettes ne s'occupaient pas de lui : il courut vers elles et dispersa du pied toutes leurs affaires. Lioubotchka fondit en larmes.

— Maintenant je te trouve encore plus méchant! s'écria Macha; et une rougeur d'indignation se répandit sur sa figure... Comment peux-tu taquiner ainsi une pauvre petite fille, qui ne t'a fait aucun mal? Ne pleure pas, Lioubotchka, ma chérie, fit-elle en s'adressant à l'enfant, viens, mettons-nous là sur le lit, je vais te dire un conte.

Les deux fillettes se placèrent sur le lit et Macha se mit à lui conter à voix basse un conte long et amusant, qu'elle avait autrefois appris de sa mère. Wolodia les laissait tranquilles, mais il tâchait de faire le plus de bruit possible, pour les empêcher de s'entendre. Fédia avait grande envie d'écouter ce que sa sœur racontait et qui faisait rire Lioubotchka de si bon cœur; mais il n'osait s'éloigner de son cousin, lequel, content d'avoir trouvé un camarade docile, criait contre lui d'une voix inpérieuse et parfois même le houspillait d'une façon assez peu délicate.

Glafira Pétrovna entra dans la chambre.

— Macha, Fédia, venez donc chez moi pour un moment, dit-elle aux enfants d'une voix dont la douceur les étonna.

Ils la suivirent dans sa chambre.

— Eh bien, vous devez avoir faim, je suppose, dit-elle aux enfants. Anna Mikhaïlovna n'a pas dû vous donner grand'chose, n'est-ce pas ? Tenez, asseyez-vous donc ici sur le canapé, mangez !

Et elle leur présenta à chacun une grande tartine de beurre avec du fromage.

Les enfants se jetèrent avec avidité sur ce régal inattendu, et se mirent en devoir de l'engloutir rapidement.

Glafira les regardait avec un sourire de pitié mêlée d'ironie.

— N'est-ce pas que je vous nourris mieux qu'Anna Mikhaïlovna ? reprit-elle lorsque les enfants eurent fini leurs tartines. Retenez donc bien ceci, mes enfants : si vous me respectez et m'obéissez toujours, vous aurez tout ce qu'il vous faudra ; mais si vous vous fourrez chez Anna Mikhaïlovna, vous resterez souvent à jeun.

— Mais n'est-ce pas elle qui est notre tante? demanda Macha, avec une certaine timidité dans la voix.

— Tu es une niaise, à ce que je vois, répondit Glafira Pétrovna. Certainement elle est votre tante, puisqu'elle est la femme de votre oncle; mais moi aussi, je ne suis pas pour vous une étrangère, je suis la cousine de votre père et de Grigory Matvéïévitch, donc je suis tout aussi bien votre tante. Songez-y donc, retenez ce que je vous ai dit: si vous l'oubliez, c'est vous qui en pâtirez! Je n'aime pas les enfants insolents et désobéissants, et Grigory non plus ne leur passe pas leurs fautes ; vous avez vu aujourd'hui ce qui est arrivé à Léon...

Les enfants se tenaient silencieux, la tête baissée.

— Eh bien, pourquoi vous taisez-vous ? continua Glafira Pétrovna. Dis, Fédia, fit-elle en s'adressant au garçonnet, est-ce que tu veux bien m'aimer et m'estimer ?

— Oui, ma tante, fit Fédia d'une voix respectueuse.

— Et toi ? Macha.

— Je vous obéirai, soupira Macha.

Ces assurances calmèrent Glafira Pétrovna.

— C'est bon, soyez sages et vous vous en trouverez bien, dit-elle, en passant sa main sur la tête des enfants. Allez maintenant dans votre chambre et ne vous querellez pas avec Wolodia. Et prenez garde, ne répétez à personne ce que nous venons de dire ici !

Les enfants, le cœur soulagé, sortirent de la chambre de Glafira, mais, avant de retourner chez eux, ils entrèrent dans un petit couloir sombre, où personne ne pouvait les voir, et ils s'assirent par terre dans un coin pour causer un peu de leurs affaires :

— Comme on est mal, ici, Fédia, n'est-ce pas ? murmura Macha à voix basse.

— Oui, très mal, acquiesça Fédia ; tout le monde est méchant ici.

— Seule, Anna Mikhaïlovna ne l'est pas, fit observer Macha. Et pourquoi toi, Fédia, as-tu dit à tante Glafira que tu l'aimerais, quand elle est si mauvaise ?

— On ne pouvait pas faire autrement, Macha, répondit Fédia d'un ton de raisonneur. Tu l'as entendue ; elle a dit que si nous ne l'aimions pas, nous serions malheureux. Il faut l'aimer, sinon, elle ne nous donnera pas à manger. Est-ce que cela te ferait plaisir d'avoir faim?

— Il n'importe, j'aime mieux Anna Mikhaïlovna qu'elle, déclara Macha d'une voix décidée.

En ce moment retentit la voix de Wolodia :

— Fédia, Fédia, où es-tu donc? Ma tante, qu'avez-vous fait de Fédia ?... Fédia, viens donc jouer.

— Je vais le trouver, autrement il me battrait encore, fit Fédia d'une voix effrayée.

Et il courut à la rencontre de son cousin.

Macha resta seule dans le coin sombre. La pauvre enfant avait le cœur si gros, qu'elle ne voulait se montrer à personne. Elle cacha son visage dans ses mains et longtemps pleura amèrement, inconsolable.

A l'heure du dîner, toute sa famille se réunit de nouveau dans la salle à manger. Seul Léon ne parut pas, et de nouveau, il ne vint à l'idée de personne de se demander où pouvait bien se cacher le pauvre garçon.

Tous les mets étaient posés devant Grigory Matvéïévitch, qui choisissait les meilleurs morceaux, sans s'inquiéter de ce qui restait pour les autres. Les enfants étaient servis par Glafira Pétrovna et la part de Wolodia était toujours meilleure et plus grande que celle des autres. Mme Gourieff mangeait peu et à contre-cœur ; on voyait bien qu'elle était malade, quoiqu'elle n'en dît rien. En général le dîner se passait dans un silence que rompait seule Glafira Pétrovna, tantôt en exhortant sévèrement Lioubotchka à bien tenir son couteau et sa fourchette, tantôt en engageant son « cher frère » à prendre encore un morceau, tantôt en faisant observer, d'un ton plein de fiel, à Anna Mikhaïlovna :

— Pourquoi ne mangez-vous donc rien ? C'est sans doute que les mets simples ne vous plaisent pas, je les ai commandés pourtant à dessein suivant le goût de Grigory.

Après le dîner devait venir le professeur qui chaque jour, pendant deux heures, donnait à Wolodia et à Léon des leçons de russe et de latin, d'arithmétique et de géographie.

— Et nous, est-ce que nous allons prendre aussi des leçons, mon oncle ? demanda Macha.

Grigory devint pensif.

—Oui, voilà qu'il faut leur donner encore de l'instruction, fit-il d'une voix mécontente. Enfin, il n'y a rien à faire à cela. Que Fédia étudie avec nos garçons ; il importe peu au maître d'enseigner deux ou trois enfants... Et quant à la fillette, charge-toi de son instruction toi-même, ajouta-t-il en s'adressant à sa femme.

— Qu'est-ce que je vais lui enseigner, puisque je ne sais rien moi-même ? fit, d'une voix triste, Anna Mikhaïlovna.

— Allons, bon! tu lui apprendras ce que tu sais. Elle

n'a pas besoin d'une grande érudition. Tu montres bien le français aux garçons.

— Mais je ne me rappelle qu'un peu de français !

— Allons donc, Anna, intervint Glafira Petrovna, pourquoi ne vous donneriez-vous pas un peu de peine pour l'orpheline ! Elle n'est pourtant pas une étrangère pour vous ; c'est la nièce de votre mari.

— Mais, je veux bien... commença Mme Gourieff.

— Eh bien, il n'y a plus à raisonner là-dessus, déclara Gourieffd'un ton péremptoire.Il en sera comme je l'ai dit.

Quand vint l'heure de la leçon, on retrouva enfin Léon. Il était allé dormir quelque part dans le grenier à foin, et il parut devant le maître, la figure ensommeillée, du foin plein ses cheveux, avec le même air renfrogné qu'il avait le matin. Le maître, un jeune homme long, sec, avec un nez énorme, des favoris roux, des lèvres minces fortement serrées, voulut faire réciter aux enfants les leçons qu'il leur avait données à apprendre. Il se trouva que, des deux garçons, aucun ne les savait. Evidemment ils considéraient l'étude comme une chose tout à fait inutile. Léon exécutait machinalement tout ce que son maître lui faisait faire, tout en pensant à autre chose ; Wolodia regardait de côté et d'autre, bâillait et sans cesse jetait les yeux sur l'horloge pour voir si la leçon touchait à sa fin. Fédia qui, chez sa mère, avait pris l'habitude de s'appliquer au travail, se distinguait nettement de ses cousins et il gagna d'emblée la sympathie du professeur. Quoique plus jeune que Wolodia et Léon, il était bien plus avancé qu'eux en tout, sauf en latin. Voyant que lui seul écoutait attentivement ses explications, le maître finit par s'adresser exclusivement à lui. Cette préférence flatta beaucoup le garçonnet et il prit la résolution de redoubler de zèle, afin de mériter toujours les éloges du professeur.

La leçon de Macha se passa autrement. Anna l'appela dans sa chambre, lui fit apporter ses livres, les examina, s'émerveilla de voir que Macha en savait déjà tant, puis elle dit avec un soupir :

— Je ne sais vraiment pas, ma chère, comment et quoi t'enseigner ; ta mère a dû être une femme fort instruite, et moi, on ne m'a appris que deux choses : le piano et le français. Depuis que je suis mariée, je n'ai plus de piano, de sorte que j'ai oublié la musique, mais je me rappelle encore le français et je l'enseigne chaque matin à mes garçons. Je veux bien te l'apprendre en même temps qu'à eux ; et maintenant tu ferais mieux de me lire un peu dans tes livres : je vais appeler Lioubotchka, pour qu'elle t'entende aussi.

Lioubotchka s'installa sur un petit escabeau aux pieds de sa mère et se mit à écouter attentivement la lecture. Anna Mikhaïlovna rejeta sa tête contre le dossier du fauteuil et ferma les yeux avec un air de fatigue extrême. Macha lisait un conte qui lui plaisait beaucoup à elle-même, et pour la première fois depuis la mort de sa mère elle se sentit à son aise.

Elle aurait tant désiré rester toujours dans cette paisible chambrette à peine éclairée d'une petite lampe sous un abat-jour vert, à côté de cette femme si douce, à la figure pâle et maladive. Mais tout à coup

Macha lisait un conte qui lui plaisait beaucoup.

retentit la voix éclatante de Wolodia, annonçant que la leçon était finie. Il fallait fermer le livre et aller dans la salle à manger prendre le thé.

Grigory Matvéïévitch était absent ; le thé était servi par Anna Mikhaïlovna, tandis que Glafira Pétrovna était assise à côté d'elle et veillait attentivement à ce qu'elle ne donnât aux enfants rien de trop.

Wolodia prit une tasse de thé et en demanda une autre. Sa mère lui en reversa et sa tante lui offrit une autre tranche de pain. Quelques instants après, Léon voulut aussi une deuxième tasse de thé. Sa mère s'apprêtait déjà à lui en redonner, quand Glafira Pétrovna l'arrêta.

— Qu'est-ce que c'est donc que cette manière de gâter ainsi ce garçon? fit-elle observer. A-t-on jamais vu des enfants prendre plusieurs tasses de thé!

— C'est ce que fait pourtant Wolodia, essaya d'objecter Anna.

— Qu'importe? Wolodia est l'aîné. Mais il n'y a aucune raison pour en redonner à Léon.

— N'en prends pas, cher Léon, fit Anna à son fils d'un ton de prière... Tu n'en veux plus, n'est-ce pas?

— Au contraire, j'en veux bien, répondit d'un air bourru le garçon ; verse-moi encore une tasse, maman.

— On t'a dit que cela ne se pouvait pas, c'est donc inutile de le demander, déclara d'une voix sévère Glafira Petrovna.

— Je parle à maman et non pas à vous, répondit insolemment le garçon.

— Quel aplomb! c'est à sa tante qu'il parle ainsi? s'écria Glafira dont la figure jaune rougit de colère. Et vous, Anna Mikhaïlovna, vous entendez cela et vous ne l'arrêtez même pas! C'est très bien.

— Léon, tu n'as donc pas honte! lui fit observer sa mère.

— Ce n'est pas à moi d'avoir honte, mais à elle;

pourquoi se mêle-t-elle des affaires d'autrui ? repartit le garçonnet.

— A merveille, voilà qui est bien ! cria Glafira Pétrovna, vous permettez à votre fils de répondre ainsi à ses aînés. Après cela, il ne me reste plus qu'à m'en aller, sinon ce vaurien serait encore capable de me frapper.

Elle se leva bruyamment de sa place et se dirigea vers la porte. Mme Gourieff, tout effarée, s'élança pour la retenir, et se mit à la supplier de pardonner à ce nigaud de garçon.

— Léon, ajouta-t-elle ensuite, en s'efforçant de donner à sa voix l'expression la plus sévère, va-t'en d'ici, puisque tu ne sais pas te conduire convenablement.

— Eh bien, oui, je m'en irai, répondit le garçon ; si vous croyez que c'est très amusant de rester là avec vous !

Et il sortit de la chambre, en refermant la porte avec fracas,

Glafira Pétrovna revint à sa place, mais sa physionomie indiquait que sa colère n'était pas encore passée ; Anna Mikhaïlovna était émue, personne ne disait mot, et on acheva le thé en silence.

Pendant que Macha et Fédia prenaient leur leçon, Glafira s'était occupée de trouver un endroit où les loger. Mettre leurs lits dans la chambre des enfants, déjà si encombrée, c'était tout à fait impossible. Il y avait bien au rez-de-chaussée le cabinet de travail de Grigory Matvéïévitch et de beaux salons de réception, mais transformer une de ces pièces de parade en une vaste chambre d'enfants semblait une absurdité tant à Gourieff qu'à sa cousine. Voici donc comment elle s'arrangea : à la place du petit lit de Lioubotchka, elle fit dresser un lit pour Fédia, et choisit pour la chambre à coucher des deux fillettes une petite pièce à demi obscure, qui servait de cabinet de débarras. On en sortit tout ce qui l'encombrait ; on y plaça deux lits, deux chaises aux dossiers rompus, une vieille table en bois, une commode pour le linge ; et la chambre se trouva prête.

Un profond soupir s'exhala de la poitrine de Macha quand, avant de se mettre au lit, elle examina cette installation. Le plafond noirci par la fumée, le papier déchiré qui pendait aux murs, les vieux meubles cassés, tout cela donnait à la pièce un aspect qui était loin d'être beau. Une seule chose consolait un peu la fillette : si laide que fût sa chambre à coucher, c'était tout de même un chez-soi, où ses cousins ne viendraient pas l'importuner, où elle pourrait s'occuper de ce qu'elle voudrait. Lioubotchka était aux anges de se voir installée dans la même pièce que Macha. La pauvre petite qui craignait et son père, et sa tante, et ses frères, avait tout de suite pris en affection sa cousine, qui l'avait traitée avec douceur, et considérait comme son plus grand bonheur de demeurer avec elle et d'être débarrassée du voisinage des garçons turbulents.

CHAPITRE III.

DIFFÉRENCE DES CARACTÈRES.

Nous avons à dessein décrit si minutieusement la première journée passée par les enfants dans la maison de leur oncle, parce que cette seule journée pouvait donner une idée complète du sort qui les attendait. Non seulement Macha, mais même le petit Fédia avaient tout de suite compris combien ce sort serait peu agréable. Il était, en effet, difficile de trouver un ménage où la vie de famille fût organisée plus mal que chez Grigory Matvéïévitch. Lui-même ne s'était jamais préoccupé, si peu que ce fût, du bonheur des siens ; il ne se souciait que d'une seule chose : assouvir tous ses caprices et recevoir ses visiteurs avec le plus de luxe possible. A cet effet, les salons de parade s'ouvraient trois ou quatre fois par an. Tout le reste ne le regardait pas. Anna Mikhaïlovna, douce et bonne, mais faible et maladive, souffrait de la grossièreté de son mari, des défauts de ses enfants, mais elle n'avait pas assez d'énergie pour modifier quoi que ce fût dans sa situation. La maison était dirigée par Glafira Pétrovna, femme rusée et méchante, qui à force de flatteries et de complaisances était parvenue à capter les bonnes grâces de son cousin, de sorte qu'il voyait tout par les yeux de celle-ci. Chaque matin, elle se présentait chez lui avec des rapports sur tout ce qui s'était passé la veille dans la maison, et ceux qui avaient eu l'audace de lui désobéir ou de lui manquer de respect y étaient assez maltraités. Elle n'épargnait ni Mme Gourieff elle-même, ni les enfants, et très souvent ils avaient à subir les manifestations grossières de la colère de Gourieff sans en deviner la cause, parce que sa cousine n'avouait jamais ses calomnies. Cette méchante femme n'aimait sincèrement qu'un seul être dans tout l'univers : c'était Wolodia. Après la naissance de son fils aîné, Mme Gourieff était tombée gravement malade, et l'enfant avait été confié aux soins de sa tante. Glafira Pétrovna racontait qu'il était venu au monde extraordinairement faible et maladif, et que c'était à sa seule sollicitude qu'il devait la vie. C'était sans doute pour cela qu'elle s'était attachée à l'enfant élevé par elle, et elle le gâtait outre mesure, sans permettre à la mère de se mêler de son éducation.

— Qu'importe que vous soyez sa mère ? répondait-elle aux observations timides de celle-ci ; ce n'est pas vous qui l'avez élevé, c'est moi ; c'est à moi qu'il doit la vie, plutôt qu'à vous.

Et elle profitait de chaque occasion favorable pour indisposer l'enfant contre sa mère.

Wolodia n'était pas d'un naturel méchant, mais il était gâté par l'excessive indulgence de sa tante et le mauvais exemple de son père. En voyant Grigory Matvéïévitch traiter grossièrement tous ceux qui l'entouraient, il en usait de même envers ceux qu'il considérait comme au-dessous de lui ou plus faibles que lui. Personne dans la maison n'obéissant à Anna Mikhaïlovna, lui non plus ne faisait aucun cas de ses paroles. Même avec sa tante qui, elle, l'aimait réellement beaucoup, il se montrait souvent très insolent, la sachant prête à tout lui pardonner.

Surtout s'accordait-il mal avec son frère cadet, Léon. Celui-ci était considéré par tous dans la maison comme un garçon méchant et entêté, et il avait, en effet, toujours l'air morose et boudeur, il ne cherchait qu'à être désagréable à tout le monde. Mais les défauts du pauvre enfant ne devaient pas lui être imputés. Il n'avait simplement pas eu la chance de rencontrer une protectrice aussi puissante que l'avait été Glafira Pétrovna pour Wolodia. Il avait grandi dans les bras de sa mère, toujours prête à donner sa vie pour son fils bien-aimé, mais qui manquait d'énergie pour le protéger contre les tracasseries et les injustices qu'il avait à supporter. Glafira Pétrovna craignait que son cousin n'en vînt à préférer le cadet à l'aîné ; c'est pourquoi elle ne laissait échapper aucune occasion de calomnier Léon devant lui, et de lui faire accroire que sa mère le gâtait d'une façon insupportable et en ferait infailliblement un vaurien, si on l'abandonnait complètement à sa direction. Par suite, Gourieff s'était mis à dresser à sa manière le pauvre garçon, et à le punir sévèrement pour toutes sortes de fautes imaginaires, alors que celui-ci n'était même pas encore en état de comprendre ce que c'était qu'une punition. L'enfant en conçut de l'aversion pour son père, et Mme Gourieff avait beaucoup de peine à l'amener devant lui.

En grandissant, le garçonnet commença à s'apercevoir que son frère était le plus favorisé dans la maison: Wolodia était toujours habillé proprement, même élégamment; à table il avait toujours les meilleurs morceaux, et très souvent, après le repas, il grignotait des pains d'épice ou des noisettes. Son père ne le battait jamais; quelquefois seulement, quand il se mettait en colère, il le renvoyait de la chambre, et alors Glafira Pétrovna se hâtait de le consoler avec des friandises ou des cadeaux. Au contraire, Léon était réduit à se nourrir des restes, il portait toujours les vieux habits de son frère, et pour la moindre faute il était soumis aux punitions les plus sévères. Sa mère, il est vrai, l'aimait passionnément, mais ses caresses au lieu de le consoler ne faisaient que l'irriter davantage. Quand, furtivement, en cachette de son mari, de Glafira Pétrovna et même des autres enfants, elle se glissait dans le coin obscur où il se tenait, aigri, offensé, très souvent meurtri de coups, et que, tendrement, elle le pressait contre sa poitrine en couvrant de baisers sa tête, sa figure et même ses mains, ce n'est pas de la reconnaissance qu'il éprouvait pour elle, mais du dépit.

— Laisse-moi, maman, disait-il, en s'arrachant à son étreinte.

— Mais pourquoi donc veux-tu que je te laisse? demandait la pauvre mère ; est-ce que tu ne m'aimes pas, Léon ? est-ce que tu ne vois pas combien je te plains ?

— Si tu me plaignais, tu ne permettrais pas à papa de me battre.

— Mais comment pourrais-je l'en empêcher, mon chéri ? Que puis-je faire ? demandait Anna Mikhaïlovna d'une voix désespérée.

— Je ne sais pas, répondait d'un air morne l'enfant ; tu es grande, tu dois le savoir. Demande-le à Glafira Pétrovna. Elle ne permet à personne de maltraiter Wolodia, tant s'en faut.

— Mais moi aussi, je serais bien aise d'empêcher qu'on te fasse du mal, mon trésor; mais que faire, si je ne le peux pas !

— Eh bien, si tu ne le peux pas, laisse-moi alors, je n'ai pas besoin de toi.

Et l'enfant se détournait de sa mère, tandis que celle-ci, en chancelant sous le poids de sa douleur, regagnait à grand'peine sa chambre et là sanglotait longuement, la tête enfoncée dans l'oreiller.

A mesure que Léon avançait en âge, ces conversations entre lui et sa mère devenaient de plus en plus fréquentes. Mme Gourieff finit par ne plus le caresser et le pauvre garçon grandissait dans la solitude et l'abandon, plein de haine contre tous ceux qui l'entouraient, cherchant à se venger sur tous, sans distinction, des avanies que son frère et sa tante lui infligeaient, tous les jours de plus en plus méchant et entêté, de plus en plus digne du surnom de « Louveteau », que lui avait donné son père.

Quant à Macha et Fédia, la transition était si brusque de leur vie calme et paisible dans la maison de leur mère à l'existence qu'on menait dans la maison de leur oncle, qu'ils en furent, les premiers jours, comme abasourdis, regardant craintivement tout ce qui se passait autour d'eux et ne sachant trop quelle conduite tenir vis-à-vis de leurs parents. Mais ils s'aperçurent bientôt qu'ils ne pouvaient vivre chez leur oncle avec la même insouciance qu'autrefois chez leur mère ; dans la maison de Grigory Matvéïévitch chacun, même le plus petit enfant, devait s'occuper lui-même de ses besoins, éviter soigneusement de s'attirer un ennui, se défendre contre les attaques d'autrui. Ici il ne s'agissait pas seulement d'obéir à ses parents, ce dont les enfants avaient l'habitude ; ici il fallait choisir, entre les parents, ceux auxquels on devait l'obéissance, puisque Glafira Pétrovna exprimait souvent des désirs opposés à ceux d'Anna Mikhaïlovna, et imposait même aux enfants des actions injustes et mauvaises.

Un matin, environ trois jours après l'arrivée des orphelins de Saint-Pétersbourg, Wolodia et Léon, ayant fini de prendre leur thé, se tenaient à la fenêtre en regardant passer les écoliers. Les autres enfants étaient encore à table auprès de Glafira Pétrovna. Tout à coup Wolodia, d'un mouvement maladroit du coude, heurta le carreau qui se brisa. En ce moment entra dans la chambre Grigory Matvéïévitch; il donna une commission à Glafira Pétrovna.

— Qu'on n'ose pas trahir Wolodia, dit-elle à l'oreille de Macha et de Fédia, en sortant rapidement pour exécuter l'ordre de son cousin.

Grigory s'aperçut tout de suite du malheur qui venait d'arriver.

— Qui est-ce qui a fait cela? demanda-t-il aux deux garçons qui, dans leur trouble, n'avaient pas encore eu le temps de quitter la fenêtre. Avouez-le tout de suite! Est-ce toi, Wolodia?

— Non, papa, ce n'est pas moi, repartit d'un ton effrayé le garçon.

— Alors c'est toi, Louveteau.

— Ce n'est pas vrai, ce n'est pas moi, répondit Léon d'un air sombre.

— Comment, pas toi? fit, en élevant la voix, Grigory Matvéïévitch. Personne autre que vous n'a pu le faire. Avouez-le-moi à l'instant même! Eh bien, Wolodia, pourquoi ce silence?

— Mais ce n'est pas moi, papa, vraiment — protesta le garçonnet.

— Alors, c'est toi, vaurien. Et Gourieff levait déjà le bras pour frapper son cadet, quand tout à coup la petite main de Macha l'arrêta.

— Mon oncle, fit-elle d'une voix tremblante d'émotion, ne touchez pas Léon, ce n'est pas lui qui a cassé le carreau, c'est Wolodia.

— Wolodia? Alors pourquoi as-tu nié, vilain garçon que tu es? s'écria son père en le saisissant par l'oreille.

En ce moment Glafira Pétrovna rentra dans la pièce.

— Cher frère, pardonnez-lui, il ne l'a pas fait exprès, intercéda-t-elle immédiatement pour son favori. Wolodia, mets-toi à genoux, demande pardon à papa.

Wolodia tomba à genoux et d'une voix entrecoupée il répétait :

— Pardon, papa, pardon.

L'humilité de son fils charma évidemment Grigory Matvéïévitch.

— Allons, de quoi as-tu donc si grand'peur, imbécile ? fit-il d'une voix sensiblement radoucie, je ne te tuerai pas, je crois? Pour cette fois, soit, je te pardonne ; seulement, prends garde, s'il arrive encore quelque chose de semblable, je te punirai doublement, sache-le bien.

Il lui donna, en signe de pardon, sa main à embrasser et il quitta la chambre.

— Qui donc a rapporté contre Wolodia ? demanda Glafira Pétrovna aux enfants, dès que la porte se fut refermée sur lui.

— C'est elle! fit d'une voix pleurarde Wolodia, en désignant Macha.

— Mais l'oncle voulait battre Léon, essaya de se disculper Macha, et comme Léon n'était pas coupable, j'ai dit la vérité.

— En voilà une protectrice ! s'écria d'un ton de rage Glafira Pétrovna. Ah ! petite vaurienne ! Mais je t'avais prévenue expressément de ne pas oser dire quoi que ce soit contre Wolodia. Attends, je t'apprendrai à me désobéir.

Dès lors, Macha encourut le disgrâce de Glafira Pétrovna. La fillette, habituée dans la maison de sa mère à se bien conduire, ne faisait rien qui méritât un châtiment, mais la méchante tante trouvait toujours un prétexte pour la réprimander sévèrement : tantôt elle n'était pas assise comme il faut, tantôt elle regardait effrontément, tantôt elle ne faisait rien, tantôt elle lisait trop et ainsi de suite. Mais ces réprimandes n'affligeaient guère Macha. Elle avait de prime abord ressenti une vive antipathie pour Glafira Pétrovna, et elle cherchait de toute façon à se tenir aussi loin d'elle que possible. Elle passait la plus grande partie de la journée dans sa chambrette à demi obscure en compagnie de la petite Lioubotchka qui s'était fortement attachée à elle.

La pauvre Lioubotchka était une enfant faible, nerveuse et maladive. Elle craignait tout et tous dans la maison, ne jouait jamais avec les autres enfants et se trouvait au comble du bonheur lorsqu'elle pouvait demeurer tranquillement auprès de Macha, à s'amuser avec ses chiffons, et sans entendre ni cris, ni gronderie. Pour Macha, les heures les plus agréables étaient celles où arrivait le professeur des garçons, et où elle-même se rendait dans la chambre d'Anna Mikhaïlovna, sous prétexte d'y prendre sa leçon. En réalité, sa tante ne lui enseignait rien et ne pouvait rien lui enseigner. Elle avait reçu elle-même une instruction très médiocre, et depuis longtemps avait presque complètement oublié tout ce qu'on lui avait montré dans son enfance. Par ordre de

Grigory elle donnait aux enfants, chaque matin, des leçons de langue française, mais ces leçons étaient une torture pour la maîtresse et ne profitaient en rien aux élèves. Elle était tout à fait incapable d'enseigner, et même Macha et Fédia, qui étaient habitués chez leur mère à travailler avec beaucoup d'application, ne purent rien apprendre avec elle. Quant à Wolodia et Léon, ils passaient tout le temps de la leçon à se battre, à se quereller ou à s'entretenir de niaiseries. Quelquefois, pour rétablir l'ordre, arrivait Glafira Pétrovna, qui punissait Léon, emmenait Wolodia chez elle et lançait à sa cousine des observations mordantes qui plongeaient dans les larmes la pauvre femme.

Avec Macha, les choses prirent une autre tournure. Ordinairement la fillette posait ses livres et cahiers, par manière d'acquit, sur la table, et s'installant elle-même sur un petit escabeau aux pieds de sa tante, elle lui lisait quelques pages de ses anciens livres ou, tout simplement, causait avec elle. Macha parlait de sa vie passée, de sa mère, des personnes qu'elle connaissait à Saint-Pétersbourg ; sa tante l'écoutait avec une attention pleine d'intérêt.

A son tour elle lui contait son enfance écoulée dans la luxueuse maison où elle habitait avec son père qui adorait sa fille unique, la situation malheureuse dans laquelle elle s'était trouvée après la mort de ce père, comment Gourieff l'avait décidée à devenir sa femme, en lui promettant de l'aimer et de la choyer tout autant que son père, comment sa vie actuelle était triste et dure pour elle, jusqu'à lui inspirer le désir de mourir.

En entendant ces discours murmurés d'une voix mélancolique, Macha pleurait bien souvent elle-même, et, pressant contre ses lèvres les mains pâles et amaigries de la pauvre femme, elle ressentait pour elle une indicible pitié. Elle souhaitait ardemment d'adoucir d'une façon ou de l'autre la situation malheureuse de sa tante ; elle était prête à lutter pour elle et contre son oncle, et contre Glafira Pétrovna, et contre tout le monde; mais Anna Mikhaïlovna lasuppliait instamment de ne pas prendre fait et cause pour elle, en alléguant qu'ainsi elle n'arriverait qu'à gâter encore plus les choses ; et la fillette, réprimant sa douleur, se taisait, quoique ses yeux étincelassent de courroux à chaque sortie grossière de Grigory, à chaque coup d'épingle de Glafira Pétrovna. Impuissante à défendre sa tante, Macha cherchait à lui témoigner son affection par une foule de petits services, auxquels la pauvre femme n'était nullement habituée. Lorsque sa tante entrait dans la chambre, elle s'empressait de lui présenter une chaise, elle courait ramasser les objets que celle-ci laissait tomber par mégarde, elle la suivait des yeux et saisissait la moindre occasion de lui éviter une fatigue et de prévenir ses désirs.

— Fédia, s'écria une fois Macha, en se précipitant dans la chambre où son frère étudiait sa leçon, laisse là, je t'en prie, ton livre et viens m'aider à chercher les clefs de la tante Anna : elle les a perdues et cela l'inquiète beaucoup.

— Ne t'en occupe pas, Macha, ne les cherche pas, répondit d'une voix tranquille Fédia ; la tante les trouvera comme elle les a perdues, toute seule.

— Comment, tu ne veux pas lui rendre service, Fédia ? s'écria la fillette très surprise de cette indifférence.

— Non, je ne le veux pas, et toi non plus, tu ne devrais pas le faire. Est-ce que tu ne vois pas comme la tante Glafira est fâchée de te voir si obligeante envers la tante Anna ?

— Qu'elle se fâche, cela m'est égal. Je ne l'aime pas, et j'aime la tante Anna.

— Regarde donc, Macha, le canif que j'ai ; il est joli, hein ?

— Oui, très joli. Comment l'as tu eu ?

— C'est la tante Glafira qui m'en a fait cadeau, hier. Et aujourd'hui elle a obtenu de l'oncle la permission d'aller nous promener avec Wolodia dans son joli traîneau. Vois-tu, tu n'aimes pas la tante Glafira, et te voilà obligée de rester toute la journée dans une chambre obscure, tandis que je puis aller partout avec Wolodia.

Le garçonnet mit son livre de côté et sans plus faire attention à sa sœur, courut trouver son cousin qui l'avait déjà appelé plusieurs fois.

Macha devint pensive. Elle avait déjà remarqué que Fédia était depuis quelque temps bien mieux traité qu'elle. Les premiers jours, Fédia se montrait obligeant envers tout le monde, dans sa peur de ces étrangers si peu bienveillants. Mais il n'avait pas tardé à s'apercevoir qu'il y avait tout à perdre en usant de complaisance envers Léon ou Anna Mikhaïlovna, et au contraire tout à gagner en contentant Glafira Pétrovna et Wolodia. Celui-ci, ayant trouvé en lui un docile camarade de tous ses jeux, partageait avec lui toutes ses friandises et faisait son éloge devant sa tante, tandis que Glafira Pétrovna était très satisfaite du respect qu'il lui témoignait, et le récompensait volontiers de sa condescendance envers son favori. De cette façon Fédia était traité presque sur le même pied que Wolodia. Il pouvait jouer et courir dans la chambre de Glafira Pétrovna ; il pouvait, quand il avait faim, demander à manger à toute heure de la journée ; et non seulement il n'avait pas à redouter la colère de Grigory, mais il en obtenait même certaines faveurs, telles que la permission de se promener en traîneau, etc.

« Je serai complaisant envers la tante Glafira, raisonnait à part soi le garçonnet ; je veux qu'elle m'aime comme elle aime Wolodia, et même plus ; alors je cesserai d'obéir à Wolodia ; je ferai moi aussi ce que je voudrai, et l'oncle ne me grondera jamais ; déjà maintenant il dit que je suis un brave garçon. »

Macha ignorait ces raisonnements de son frère, mais sa conduite la peinait, sans bien se rendre compte pourquoi. Elle était contente de voir qu'on ne le battait pas, qu'on ne le bousculait pas, qu'on ne le privait pas de manger; mais elle était bien triste de sa condescendance perpétuelle envers Wolodia, et surtout des égards respectueux qu'il témoignait à Glafira Pétrovna.

« Quel bonheur, rêvait par moment la fillette, s'il existait en effet, dans la vie, de ces bonnes fées dont on parle dans les contes. J'irais au bout du monde pour en trouver une et obtenir d'elle de transformer l'oncle Grigory et la tante Glafira en bêtes fauves. Comme on serait heureux sans eux! La tante Anna dirigerait la maison et se porterait bien. Lioubotchka n'aurait personne à redouter. Quant à Léon, nous le cajolerions tant, qu'il se mettrait à nous aimer, et Wolodia deviendrait peu à peu un bon garçon. Seulement la fée voudrait peut-être me métamorphoser aussi. Eh bien, soit! Je consentirais à être changée en n'importe quel animal, pourvu que la tante Anna et les autres s'en trouvent bien. »

CHAPITRE IV.

UNE FÊTE DE FAMILLE.

L'anniversaire de la naissance de Grigory Matvéïévitch tombait dans les derniers jours de décembre. Cette fête était célébrée dans la famille Gourieff avec une solennité extraordinaire. Une semaine d'avance, on se mettait à chauffer et à aérer les salons de parade ; on ôtait les housses qui recouvraient les meubles en soie, on les nettoyait et époussetait, on lavait et on cirait les parquets, c'était un grand remue-ménage dans toute la maison. Macha et Fédia, chez leur mère, avaient l'habitude de voir souvent des visiteurs. Mais on les recevait simplement, sans préparatifs d'aucune sorte, et on cherchait à leur faire passer le temps agréablement, et non à les frapper par le luxe de l'appartement. C'était le contraire dans la maison de Gourieff. La Noël même passa inaperçue, tellement tout le monde était préoccupé par la solennité imminente.

Glafira Pétrovna passait des journées entières à faire des emplettes, ou à courir d'une pièce dans une autre, battant les portes, grondant les domestiques de leur maladresse et donnant mille ordres différents. Grigory Matvéïévitch trouvait que rien ne se faisait comme il le fallait et se fâchait contre tous et tout. Mme Gourieff avait tout à fait perdu la tête ; elle allait et venait sans la moindre utilité pour personne ; quant aux enfants, tantôt on leur donnait l'ordre d'aider les domestiques, tantôt on les renvoyait au contraire dans leur chambre en les grondant de s'être mêlés de ce qui ne les regardait pas.

Tout ce remue-ménage finit par ennuyer tellement Macha, qu'elle se réfugia avec Lioubotchka dans sa chambrette ; et pendant deux jours entiers elle n'en sortit que pour le dîner et le thé. Elle ne s'occupait même pas de la toilette qu'elle mettrait le jour solennel, abandonnant à Glafira Pétrovna le soin de fouiller dans ses affaires et de lui en préparer une.

La conduite de Fédia dans ces circonstances fut tout autre. D'abord il chercha à aider Glafira dans sa besogne, mais s'étant aperçu qu'on lui savait mauvais gré de ses services, il se mit à faire ses propres préparatifs pour la fête. Il avait entendu dire que les enfants récitaient souvent par cœur ou présentaient par écrit à leurs père et mère ou aux autres parents des compliments en vers pour le jour de leur naissance ou de leur fête ; et il lui semblait à propos de présenter un compliment de cette nature à son oncle. Longtemps il feuilleta ses livres, ainsi que ceux de Wolodia, cherchant à y découvrir quelque chose qui fût approprié à la circonstance ; et il finit par dénicher dans un ancien livre une poésie intitulée : « A un cher parent et bienfaiteur. » Fédia ne considérait nullement Grigory comme son bienfaiteur et ne ressentait pour lui ni « la tendre reconnaissance » ni le « respect profond » dont parlait la poésie, mais faute de mieux il résolut de se servir au moins de cela. Il apprit par cœur les vers assez longs et obscurs, puis, ayant obtenu de Glafira Pétrovna une feuille de papier à lettre, il les recopia soigneusement du mieux qu'il put.

Personne ne se doutait du projet de l'enfant. Wolodia et Léon, intéressés par ce qui se préparait dans les salons, y passaient presque tout leur temps ; Macha restait dans sa chambre et les autres étaient trop occupés ailleurs. Fédia était très agité, ne sachant pas si son idée serait goûtée par l'oncle, mais il n'en voulut parler à personne, pas même à sa sœur, quelque chose lui disant qu'elle ne l'approuverait pas.

Enfin, le grand jour vint. Les visites ne devaient commencer à arriver que pour le déjeuner, mais dès la première heure, tout était déjà en ordre et on entendait le frou-frou des lourdes robes de soie de Mme Gourieff et de Glafira. Les enfants avaient été peignés et habillés avec soin : Fédia portait un joli costume fait par sa mère ; pour Wolodia, Glafira s'était inquiétée de lui préparer une veste neuve ; quant à Léon, on avait fait nettoyer et raccommoder pour lui de vieux effets de son frère ; et les fillettes étaient en robe de mousseline blanche avec des nœuds de rubans dans les cheveux et à la ceinture. La pauvre Lioubotchka tremblait dès le matin en songeant à la quantité de figures étrangères qu'il lui faudrait voir dans cette terrible journée.

A dix heures les enfants reçurent l'ordre de se rendre dans le cabinet de travail de Gourieff pour le féliciter. Fédia glissa en cachette sa poésie dans sa poche et, le cœur palpitant, suivit ses cousins. Grigory Matvéïévitch était, à l'occasion de sa fête, de meilleure humeur qu'à l'ordinaire. Il remercia avec un sourire les enfants de leurs félicitations et les embrassa presque avec tendresse. Le dernier qui s'approcha de lui fut Fédia.

— Permettez-moi, mon oncle... fit-il, d'un accent mal assuré.

Il sortit son papier et, ayant pris une attitude convenable, il commença, d'une voix quelque peu timide, à réciter ses vers.

Gourieff fut d'abord étonné, puis il se mit à l'écouter avec un plaisir évident. Cela donna du courage à l'enfant, qui prononça les dernières lignes d'une voix ferme et claire, même avec sentiment.

— Le brave garçon ! s'écria Gourieff quand il eut fini. Le brave garçon ! qui t'a appris cela ?

— Personne, mon oncle, c'est moi-même.

— Comment, personne ? Et tu l'as écrit aussi toi-même ?... C'est très bien, je ne m'attendais pas à cela de ta part ! Voilà qui vous confond, dit-il à ses fils ; vous n'avez pas songé, je gage, à faire plaisir à votre père, hein ?

Wolodia, confus, baissa la tête.

— Menteur ! grommela Léon d'un air sombre en regardant Fédia de travers.

— Qu'est-ce que tu dis là ? lui demanda Grigory en fronçant les sourcils.

Il prononça les dernières lignes d'une voix ferme et claire.

— Je dis qu'il est un menteur, répondit Léon sans être le moins du monde intimidé. Il vous appelle son bienfaiteur pour vous flatter ! Il sait très bien que vous ne l'êtes pas.

— Insolent, tu es bien capable de répéter cela aujourd'hui même, devant le monde !

— Eh ! que m'importe votre monde ?

— Quel vaurien ! Même dans un tel jour, il n'a pu se montrer respectueux envers son père !... Glafira !...

Glafira Pétrovna était toujours prête à se présenter à l'appel de son cousin.

— Prends, de grâce, ce gamin, lui dit Gourieff, enferme-le dans quelque cabinet noir pour toute la journée, autrement il nous fera honte devant toute la société.

Cette mission ne pouvait être que très agréable à Glafira ; elle saisit tout de suite Léon par la main et l'entraîna.

Quand le garçonnet eut disparu, la figure de Gourieff se rasséréna de nouveau.

— Eh bien, mon neveu, fit-il en souriant gracieusement à Fédia, pour les égards que tu m'as témoignés, voilà de quoi t'acheter des friandises.

Et il lui tendit un billet d'un rouble.

— Je te ferai réciter aujourd'hui tes vers devant mes convives, reprit-il ; prends garde, ne te trompe pas.

— Non, mon oncle, je ferai de mon mieux, répondit Fédia, en jetant un coup d'œil joyeux et troublé sur sa fortune inattendue.

— Fédia, pourquoi as-tu fait cela ? dit à son frère Macha, quand les enfants furent sortis du cabinet de travail, et, en attendant les convives, se rendirent dans leur chambre. Pourquoi as-tu appris ces vers insipides ? Tu es cause qu'on a puni Léon.

— Mais est-ce que c'est ma faute, si Léon est si insolent? repartit Fédia d'un air mécontent. Je ne voulais pas lui causer du tort, je t'assure, Macha, je ne pensais qu'à faire plaisir à l'oncle.

Léon en pénitence.

— Alors, prie au moins l'oncle de lui pardonner ; il est content de toi et cédera peut-être à ta prière.

— Non, il se fâcherait, je ne lui demanderai pas cela, Macha, j'ai peur.

Les convives commencèrent à arriver vers midi. Dans la grande salle à manger fut servi un luxueux déjeuner à la fourchette; les enfants reçurent l'ordre de descendre et de se conduire sagement. Pendant le déjeuner, personne ne fit attention à eux, mais après, quand les hôtes prirent place dans les salons et que les conversations s'engagèrent, ils ne purent plus rester inaperçus. Wolodia s'approcha d'un groupe de chasseurs ; et il écoutait avec des yeux brillants les récits de toute sorte d'exploits cynégétiques. Lioubotchka répondait aux caresses et aux questions des dames par le silence et les larmes, et profitait de toute occasion pour se cacher derrière les caisses de fleurs ou les portes. Quant à Macha, elle eût volontiers, dans un autre moment, observé toute cette foule de gens qu'elle ne connaissait pas; elle n'était pas sauvage et aimait la société; mais ce jour-là elle était tourmentée par l'idée du pauvre Léon, enfermé dans un cabinet obscur, et en outre il lui était fort désagréable d'entendre ce que Glafira Pétrovna disait d'elle aux convives.

« — C'est une pauvre orpheline ; mon cousin l'a recueillie après la mort de sa mère. »

Elle ignorait si sa mère avait laissé quelque argent à elle et à son frère, et il lui était pénible d'ouïr dire qu'elle vivait par charité chez son méchant oncle. Les regards de pitié des dames lui causaient une vraie souffrance ; plusieurs fois, l'envie la prit de fondre en larmes ou de se sauver dans sa chambrette ; mais elle craignait que Glafira Pétrovna ne la grondât et humiliât devant tout le monde.

Elle faisait donc tous ses efforts pour se maîtriser

et attendait avec impatience la fin de cette journée douloureuse.

Pendant ce temps, Fédia jouissait du succès de son idée. Grigory Matvéïévitch lui fit réciter ses vers plusieurs fois à ses convives ; sa copie passait de main en main ; tout le monde le louait et l'admirait.

— Voyez-vous, quel brave garçon ! fit observer un vieux général, en lui tapotant familièrement la joue ; il faudrait le mettre bien vite au collège, Grigory Matvéïévitch ; sans cela, qui sait ! il pourrait bien s'adonner à la paresse ; qu'apprend-on chez soi !

— Comment donc ! il le faut absolument. Voilà, en automne, je mettrai mon fils au collège, et lui aussi.

— Quel brave homme vous êtes, Gourieff !

— Mais comment voulez-vous qu'il en soit autrement ? Ce ne sont pas des étrangers, ce sont les enfants de mon propre frère.

Et Gourieff, désireux de faire étalage de sa bonté devant les convives, appelait Fédia auprès de lui à chaque instant pour lui adresser quelques paroles bienveillantes. Les convives suivaient l'exemple de leur hôte et Fédia, attribuant toutes ces marques d'intérêt à ses propres mérites, en était tout joyeux et tout fier.

Pour le dîner, d'autres convives arrivèrent en plus grand nombre encore. Les enfants obtinrent la permission de rester dans la salle à manger et même de dîner à la table des grands. Ceux-ci, occupés à manger et absorbés par des conversations animées, ne faisaient nulle attention à eux, et Macha put cacher sous sa serviette, puis glisser dans sa poche, deux petits pâtés et un morceau de rôti.

Dès que le repas, qui dura plus d'une heure, fut terminé et que la fillette eut vu Glafira Pétrovna disparaître pour servir le café, elle se faufila immédiatement hors de la pièce et courut à la recherche de Léon. Il y avait beaucoup de cabinets obscurs dans la maison, et Macha ne découvrit pas tout de suite celui où était enfermé le pauvre petit. Il se trouva que sa prison était une pièce froide et vide sur l'escalier de service, avec une petite ouverture au plafond en guise de fenêtre.

— Léon, mon chéri, dit Macha en s'approchant du cabinet, veux-tu manger ? je t'ai apporté du pâté et du rôti.

— Tu ferais bien mieux de m'apporter quelque chose pour me couvrir, je suis transi comme un chien, répondit Léon d'un air morne.

— Je te l'apporterai tout de suite ; en attendant, prends ceci.

A l'aide d'une corde et d'un long bâton, Macha passa, à travers l'ouverture du plafond, les provisions apportées par elle ; puis elle courut à sa chambre, prit sa couverture chaude avec un grand châle et expédia le tout par le même chemin au prisonnier.

— Eh bien, est-ce que tu es mieux maintenant ? demanda-t-elle quelques instants plus tard, après avoir vainement attendu, de la part du garçonnet, un mot qui exprimât sa reconnaissance ou tout au moins son contentement.

— Certainement, dit enfin Léon, je pourrai au moins faire un petit somme. Les pâtés ne sont pas

Macha passa à travers l'ouverture du plafond les provisions apportées par elle.

mauvais non plus ; il est dommage seulement que tu en aies apporté si peu, j'ai encore faim.

— Je ne pouvais pas en prendre plus, Léon.

— Eh bien, c'est bon.

Léon se tut ; et Macha, après être restée encore

quelques instants à la porte du cabinet noir, et sentant le froid pénétrer sa robe légère, revint dans le salon.

Cette journée devait avoir des suites tant pour le frère que pour la sœur. Gourieff n'oublia pas le plaisir que lui avait procuré Fédia, et il se mit à lui témoigner une grande bienveillance.

— C'est un garçon d'esprit et, ce qui est l'essentiel, un enfant reconnaissant, fit-il observer à Glafira, il faut être bon pour lui, il y sera sensible.

Glafira Pétrovna avait d'abord boudé un peu Fédia d'avoir, par son compliment, éclipsé son favori; mais, en entendant son cousin faire ainsi son éloge, elle n'osa pas lui témoigner son mécontentement. Fédia était, du reste, comme par le passé, respectueux envers elle et serviable envers Wolodia, de sorte que bientôt il rentra définitivement en grâce.

— Vois-tu, Macha, disait le garçon à sa sœur, quelques jours après la fête, tu me reprochais d'avoir récité mes vers à l'oncle, et tu vois comme cela a bien tourné : tout le monde m'a félicité; maintenant, l'oncle et la tante Glafira m'aiment; toi, on te gronde, tu resteras toute ta vie dans une chambre obscure avec Lioubotchka, et moi je vais en visite avec Wolodia et, à l'automne, j'entrerai avec lui au collège.

Macha ne sut que répondre à ces paroles de son frère. Elle sentait confusément qu'elle ne voulait, ni ne pouvait l'imiter, fût-ce même pour améliorer son existence, laquelle, en effet, n'avait rien d'enviable;

mais elle n'eût su décider qui agissait le mieux, d'elle ou de son frère.

Pour elle aussi la fête de Grigory eut des conséquences. Le lendemain, pendant le thé, Léon lui dit à l'oreille :

— Viens avec moi au grenier, je t'y montrerai quelque chose.

Macha était bien curieuse de voir ce qui se trouvait au grenier, mais elle était encore plus étonnée de l'invitation de Léon qui, jusque-là, ne lui avait presque jamais adressé la parole. Dès qu'elle put s'esquiver de la chambre sans être aperçue, elle courut vers la porte du grenier et monta, non sans un certain trouble, l'escalier raide qui criait sous ses pas.

Le grenier était un grand local à moitié sombre, encombré de toutes sortes de vieilleries, rempli de poussière et de toiles d'araignées. A l'entrée se tenait Léon : il prit Macha par la main et l'emmena dans un coin où, sur un tas de chiffons sales, étaient couchés quatre chatons qui venaient de naître. Ces petits animaux plurent beaucoup à Macha ; elle s'assit à côté d'eux, les prit sur ses genoux, les caressa et les embrassa.

— Je te remercie, Léon, de me les avoir montrés, dit-elle à son cousin ; je viendrai maintenant les voir tous les jours.

— Et la vieille sorcière, sans dire gare, t'enfermera dans un cabinet noir, comme moi hier, répondit Léon.

Macha comprit qui était la « sorcière », et son visage s'assombrit.

— Elle est très méchante, fit la fillette tristement ; s'il y avait des fées au monde, elles l'auraient à coup sûr changée en une bête féroce et chassée dans les bois.

— Là, je descends maintenant, fit le garçon d'une voix rude, nous n'avons plus rien à faire ici.

Macha descendit avec lui l'escalier raide et en disant adieu au garçonnet, elle le remercia encore une fois.

A partir de ce moment, Léon ne la fuyait plus, comme auparavant. Très souvent il l'invitait à l'accompagner au grenier et quelquefois lui-même entrait dans sa chambre, causait avec elle ou, plus volontiers encore, écoutait sa conversation et ses récits. Léon aurait voulu causer avec Macha seule, et il se fâchait contre Lioubotchka, qui restait toujours dans la chambre. Une fois, il poussa même si rudement la pauvre petite qu'elle tomba et se fit beaucoup de mal. Cela indigna Macha. Elle courut vers la petite, l'embrassa tendrement et s'adressant, les yeux enflammés de colère, à Léon, s'écria :

— Méchant garçon! Quand tu seras grand, tu deviendras tout comme ton père, tu tourmenteras les autres comme lui !

— Je ne suis pas méchant du tout, répondit Léon tout confus, je ne touche jamais ceux qui ne me gênent pas, et elle me gêne ; je veux causer avec toi, et elle est toujours là !

— Mais où veux-tu qu'elle aille, si tu la chasses d'ici ? dit Macha d'une voix plus douce. Là-bas, on la gronde tout le temps et on lui fait peur ; regarde comme elle est timide et craintive ; elle ne ressemble pas du tout aux autres enfants ! Nous autres nous sommes plus forts et plus intelligents qu'elle, défendons-la donc ensemble contre ceux qui lui font du mal, veux-tu ?

Léon ne répondit rien, mais depuis lors il cessa de maltraiter Lioubotchka et lui apportait même parfois toute sorte de boîtes et de copeaux qui lui servaient de jouets.

CHAPITRE V.

LE PARENT RICHE.

Il y avait un an et demi que Macha et Fédia demeuraient dans la maison de leur oncle. Pendant ce temps, presque aucun changement ne s'était produit dans la vie de la famille. Le rêve de Fédia, d'entrer en automne au collège, ne s'était pas réalisé. Wolodia n'avait nulle envie d'étudier ; par conséquent, Glafira Pétrovna persuada à son cousin qu'il était inutile de faire une grosse dépense pour payer les frais de collège des deux garçons, quand ils pouvaient tout aussi bien étudier à la maison avec leur professeur à meilleur marché. Fédia essaya plusieurs fois, dans ses entretiens avec son oncle, d'amener la conversation sur le collège, mais Grigory lui-même répondait sèchement qu'il savait où et quand il fallait le placer, de sorte que le garçonnet qui, plus que tout au monde, craignait de fâcher ses supérieurs, n'osait plus aborder une question qui déplaisait si fort à son oncle.

Il ne parlait de son chagrin qu'à la seule Macha, et encore n'était-ce qu'en secret.

— Il faut croire que l'oncle voudrait nous laisser dans l'ignorance à tout jamais, disait-il à sa sœur ; regarde notre voisin : il a deux fils, tous les deux étudient au collège ; l'un deviendra avocat et gagnera autant d'argent que son père, et l'autre veut être docteur et avoir voiture et chevaux comme Frantz Ossipovitch Sont-ils heureux ! Et moi, que ferai-je, quand je serai grand? Tout le monde dit qu'il est difficile de gagner de l'argent, quand on n'a pas d'instruction. Et nous voilà obligés de passer toute notre vie dans la misère. Aimerais-tu, Macha, t'en aller à Saint-Pétersbourg et étudier là-bas ?

— Oui, j'aimerais bien étudier, seulement... je ne sais pas... il me semble... que je ne voudrais pas m'en aller d'ici.

— Tu ne le voudrais pas ? Est-ce que tu te plais tant ici ?

— Comment veux-tu que je m'y plaise ? Tu vois toi-même quelle est ma situation. Mais il me semble que la tante Anna, et Léon, et Lioubotchka seraient sans moi encore plus malheureux que maintenant.

— Et tu consentirais à demeurer ici pour l'amour d'eux ?

— Je crois que j'y consentirais.

Fédia regarda sa sœur comme s'il la croyait folle, et ne trouva rien à lui répondre.

Et cependant Macha avait raison en disant que sans elle la vie de Mme Gourieff, de Léon et de Lioubotchka serait bien plus dure que quand elle était là. Son désir sincère d'adoucir le sort de ceux qui l'entouraient n'avait pas été sans produire quelque résultat. Nous avons déjà vu quelle était l'influence de la fillette sur Léon. Cette influence était certes insuffisante pour transformer le garçon entêté et aigri en un enfant doux et aimant : Léon ne savait toujours pas pardonner les offenses, il haïssait toujours ceux dont il avait à subir l'injustice ; mais, grâce à Macha, il apprit à traiter avec bonté et indulgence les faibles et les opprimés. Les larmes et les tendres exhortations de sa mère ne l'agaçaient plus comme auparavant : souvent il restait même volontiers dans la chambre de celle-ci avec Macha, écoutait ses récits et rêvait à haute voix du temps où il serait grand et lui procurerait une vie douce et agréable.

On s'imagine aisément combien ces rêves réjouissaient Anna Mikhaïlovna. La pauvre femme ne croyait pas du tout à leur réalisation, mais elle était heureuse de penser que son enfant bien-aimé, son petit Léon chéri, l'aimait et voulait prendre soin d'elle. Elle sentait qu'elle était redevable de cet amour à Macha qui avait su attendrir le cœur de l'enfant ; et comme elle en était reconnaissante à sa chère nièce ! La présence de Macha était encore, sous un autre rapport, utile à Mme Gourieff. Grigory aimait en réalité sa femme, mais grâce à la rudesse de son naturel, il ne comprenait pas quelle conduite il fallait tenir envers un être aussi faible, aussi maladif qu'elle l'était. Très souvent il l'outrageait et permettait aux autres de l'outrager, sans se douter de l'impression que ces injures faisaient sur elle, et souvent aussi il la privait du nécessaire, parce qu'il ne soupçonnait pas ses besoins. Anna Mikhaïlovna, par douceur et délicatesse, souffrait en silence, sans jamais adresser de reproches à son mari, sans jamais se plaindre à lui de quoi que ce fût.

Maintenant Macha était devenue sa protectrice. Souvent la fillette supportait patiemment les persécutions que Glafira Pétrovna dirigeait contre elle seule, mais elle ne pouvait voir avec indifférence les injustices commises à l'égard de sa tante. Sans cesse, elle luttait contre les gens de la maison pour la sauvegarde des droits d'Anna Mikhaïlovna; et quand le bruit de cette lutte arrivait jusqu'à Gourieff, elle lui expliquait hardiment, avec chaleur, de quoi il s'agissait, et lui demandait son assistance. L'oncle se renfrognait, ordonnait à la fillette de se taire, la renvoyait de sa chambre, mais il ne laissait pas de tenir compte de ses paroles. Il grondait plus sévèrement ses domestiques de ne pas exécuter les ordres de sa femme, il disait plus souvent à Glafira: « Fais selon la volonté d'Anna Mikhaïlovna » ; et lui-même s'abstenait parfois d'une sortie trop grossière en présence de sa femme et de Macha.

L'auxiliaire de Macha dans la défense de sa tante était aussi parfois Wolodia. Nous avons dit plus haut que Wolodia n'était nullement méchant, mais seulement gâté et étourdi. Insolent avec sa mère, il ne réfléchissait jamais à quel point cela devait la chagriner; Macha fut la première à lui faire comprendre combien sa conduite était vilaine. Les premiers jours, Wolodia prit en grippe sa cousine, qui lui tenait tête en tout ; mais quand celle-ci, les joues colorées par l'indignation, lui reprochait sa cruauté et son injustice, ou bien, les larmes aux yeux, le suppliait d'avoir pitié de sa mère malade, il se ravisait, se mettait à observer ses paroles et ses actions et devenait meilleur.

Lioubotchka fut entièrement abandonnée aux soins de Macha. La santé de la pauvre petite s'était légèrement améliorée, mais elle restait toujours faible, chétive, nerveuse. Jusqu'à l'arrivée de Macha, elle avait vécu comme un petit animal apeuré, toujours cachée dans les recoins obscurs, toujours tremblante et pleurante. Maintenant elle avait à sa disposition une chambre tout entière, étroite et vilaine, mais où elle pouvait faire ce que bon lui semblait ; ses frères ne la tourmentaient plus, et Glafira Pétrovna ne la voyait pas quelquefois pendant des jours entiers : elle ne pouvait donc pas la gronder souvent.

Tout cela influa très heureusement sur la petite. Elle devint moins craintive, elle pleurait moins souvent, ses joues se coloraient parfois d'un léger incarnat et sa mère voyait avec plaisir qu'il lui arrivait de rire et de bavarder comme les autres enfants de son âge.

Ainsi, Macha avait raison de dire que sa présence dans la maison était nécessaire. Mais comment vivait-elle elle-même pendant ce temps ? Pour répondre à cette question, on n'avait qu'à jeter sur elle un coup d'œil. De l'enfant rose et grassouillette qu'elle était en quittant Saint-Pétersbourg, elle s'était transformée en une fillette maigre, à la figure pâle, aux lèvres décolorées, avec une expression permanente d'inquiétude dans ses grands yeux sombres. Glafira Pétrovna la haïssait et lui manifestait cette haine à tout propos. Il ne se passait pas un jour que Macha n'eût à supporter de sa part les plus grossières invectives. Tantôt elle donnait à l'enfant une tâche très difficile en exigeant qu'elle l'exécutât ponctuellement ; tantôt elle assurait à tous et à chacun que la petite était incapable de quoi que ce fût, et ne lui permettait de toucher à rien. Elle lésinait même sur la nourriture de l'enfant, et Macha était souvent obligée d'assouvir sa faim avec un morceau de pain rassis que la cuisinière lui donnait par compassion. Quant à la façon dont on l'habillait, on peut l'imaginer aisément : la fillette achevait d'user les vieilles robes qui lui avaient été faites par sa mère : et elle eut peine à obtenir une paire de gros souliers lorsque ses bottines et ses caoutchoucs furent déchirés au point de ne plus tenir aux pieds. Souvent Macha, couchée sur son petit lit sale et dur, fondait en larmes en se rappelant sa vie antérieure chez sa mère ; mais lorsque Anna Mikhaïlovna, en l'embrassant, l'appelait son ange consolateur, lorsque Lioubotchka la caressait, que Léon lui manifestait son ferme propos de devenir un brave garçon, elle oubliait ses propres chagrins et il lui semblait qu'elle ne pourrait jamais quitter cette maison.

Un jour de mai, Grigory entra, l'air soucieux et une lettre décachetée à la main, dans la salle à manger où sa famille l'attendait pour le dîner.

— Il faut, dit-il en s'adressant à sa femme et à Glafira, préparer trois chambres en bas, — il nous arrive notre oncle de Sibérie.

— Est-il possible que ce soit l'oncle Ghennady Wassiliévitch ? demanda, avec une sorte de vénération, Glafira Pétrovna.

— Lui-même. Voici ce qu'il m'écrit : « J'ai assez travaillé dans ma vie ; il est temps de me reposer ; j'ai liquidé toutes mes affaires et je m'en vais maintenant finir le peu de jours qui me restent à vivre à Saint-Pétersbourg. En passant, je viendrai te voir, mon cher neveu, et jeter un coup d'œil sur ton intérieur... ton train-train de vie... »

— Eh bien, cher frère, dit Glafira, après avoir écouté avec onction ce fragment de la lettre ; un hôte comme l'oncle, mais c'est un grand bonheur que de le recevoir chez soi. C'est un homme vénérable, et puis le Seigneur l'a aussi pourvu de biens.

— Je le crois ; nous autres nous ne verrons jamais, même en rêve, des richesses pareilles. Il faut que tout soit en ordre dans la maison : que le vieillard passe un peu plus de temps ici, d'autant mieux qu'il n'a pas d'autres parents que nous.

L'attente du cher hôte occasionna dans la maison un remue-ménage encore plus grand que les préparatifs de la fête de Grigory Matvéïévitch. Pour Ghennady Wassiliévitch, on aménagea au premier trois pièces où l'on installa les meubles les plus confortables de la maison. Pour le servir, on prit un domestique adroit et alerte ; afin d'aider la cuisinière, qui jusque-là préparait à elle seule les dîners peu compliqués de la famille Gourieff, on engagea un chef renommé dans la ville pour son habileté. Toute la maison fut mise en état et les domestiques reçurent l'ordre sévère de servir le nouvel arrivé avec le plus grand zèle.

— Je t'en prie, Annette, disait Grigory à sa femme, sois aussi aimable que tu le pourras avec l'oncle ; laisse là tes mines allongées ; pendant qu'il sera chez nous, aie l'air un peu plus enjouée et ordonne aussi aux enfants de se montrer bien gentils envers lui.

Quant aux enfants, d'ailleurs, Gourieff se chargea lui-même de leur adresser à cette occasion un discours bref, mais énergique.

— Ecoutez, vous autres ! leur dit-il la veille du jour où l'on attendait l'arrivée de l'hôte, — demain viendra votre grand-oncle ; faites attention, baisez-lui les mains et témoignez-lui la plus grande déférence. Si quelqu'un de vous osait lui dire un seul mot désagréable, je le fustigerais à mort ; je vous en préviens d'avance.

Ce discours et l'agitation de leurs parents ne manquèrent pas de produire leur effet sur les enfants. Wolodia attendait avec curiosité l'hôte pour lequel on faisait tant de préparatifs. Macha pensait avec tristesse à ce parent inconnu, devant lequel elle devrait s'humilier afin d'éviter des ennuis. Lioubotchka tremblait au seul nom du grand-oncle et suppliait sa mère de la cacher quelque part pour tout le temps qu'il passerait dans la maison ; Léon voyait avec colère l'émoi de ses proches, et ce fut uniquement pour céder aux prières et aux larmes de sa mère et de Macha qu'il promit de se conduire convenablement ; seul Fédia pensait avec plaisir au grand-oncle.

— Il est, à ce qu'il paraît, très riche, se disait le garçonnet, beaucoup plus riche que l'oncle Grigory ; je tâcherai de lui être agréable, peut-être fera-t-il quelque chose pour moi, et me casera-t-il quelque part.

Enfin, le moment solennel arriva. Devant le perron de la maison de Gourieff s'arrêta une voiture de voyage, chargée de coussins et de valises; et de cette voiture descendit, en grommelant et en s'appuyant lourdement sur les bras des domestiques, Ghennady Wassiliévitch en personne. Gourieff, sa femme et Glafira Pétrovna allèrent à sa rencontre jusqu'à l'escalier et lui baisèrent la main avec déférence. Tous les enfants firent de même, et reçurent immédiatement l'ordre de s'en aller, pour ne pas incommoder le grand-oncle. Toutefois Fédia put examiner à la dérobée le visage et tout l'extérieur du parent dont il espérait obtenir les bonnes grâces. C'était un vieillard petit et gros, à la face rougeaude et bouffie, aux grosses lèvres pendantes, au crâne dégarni, avec de rares cheveux blancs et des sourcils touffus, également blancs, surmontant de petits yeux gris. Tout l'extérieur du vieillard était peu fait pour inspirer la croyance en sa bonté, et Fédia s'en aperçut bien ; il soupira tristement.

En effet, il était plus malaisé de complaire à Ghennady Wassiliévitch que Gourieff ne l'avait imaginé. Ghennady Wassiliévitch était un richard qui avait gagné des millions moins par son travail que par son esprit d'entreprise, et qui estimait pour cela que tout le monde devait s'incliner devant ses millions. Il n'épargnait pas l'argent pour satisfaire ses fan-

L'oncle de Sibérie.

taisies ; il était prêt aussi à récompenser largement quiconque aurait su lui plaire ; mais il était en même temps si capricieux et si exigeant avec tous ceux qui l'entouraient, que même Glafira Pétrovna, qui savait et aimait s'insinuer dans les bonnes grâces des autres, disait, deux jours après son arrivée :

— L'oncle est, certes, un homme très vénérable ! mais il est très sévère aussi, tellement sévère, qu'on ne sait comment l'aborder.

Mme Gourieff qui, on ne sait trop pourquoi, eut le don de plaire au vieillard capricieux, dut rester tout le temps auprès de lui : ce qui la fatigua tellement qu'au bout de trois jours elle fut prise d'une fièvre nerveuse, qu'elle dut dissimuler soigneusement.

Par bonheur pour les enfants, le grand-oncle ne faisait nulle attention à eux, de sorte qu'ils pouvaient demeurer tranquilles dans leurs chambres. Une seule fois, Ghennady Wassiliévitch manda Macha et Fédia, et se mit à les questionner sur leurs parents.

En racontant les derniers moments de sa mère chérie, Macha ne put retenir ses larmes, et éclata en sanglots. Cela, visiblement, toucha le vieillard. Il tapota la fillette sur la joue, et lui dit d'une voix caressante :

— Allons, ne pleure pas, vous n'êtes pas orphelins tout à fait, puisqu'il vous reste une famille. Vous demeurez chez un bon oncle; et puis, moi non plus, je ne vous abandonnerai pas.

Fédia sut mettre à profit les dispositions bienveillantes de son grand-oncle. De tous les enfants, lui seul non seulement ne fuyait pas le vieillard, mais au contraire cherchait à se trouver le plus souvent possible sur son chemin, faisant ses commissions, lui rendant de petits services.

— C'est un brave garçon, adroit et respectueux envers ses anciens, disait souvent Ghennady Wassiliévitch, en le regardant avec bienveillance.

Le vieillard passa dans la maison de son neveu

juste une semaine. La veille de son départ, il fit un petit cadeau à son hôte et à chaque membre de sa famille. Quant à Macha et à Fédia, il les appela dans sa chambre.

— Voilà ce que j'avais à vous dire, mes enfants, fit-il; je n'ai pas préparé de cadeaux pour vous. Je suppose que, si bons que soient pour vous l'oncle et la tante, ils ne sont pourtant pas vos père et mère, et il vous est difficile de leur demander la moindre petite bagatelle. Je vous donnerai à chacun cinquante roubles. C'est une forte somme ; on ne la dépense pas en friandises. Serrez donc cet argent et n'en usez que peu à peu, pour les choses les plus nécessaires. Voici pour toi, ma petite Macha !

— Je vous remercie, mon oncle, fit sincèrement Macha.

Et ayant embrassé la main du vieillard, elle sortit rapidement de sa chambre.

Fédia ne touchait pas l'argent que lui tendait son grand-oncle. Il se tenait la tête baissée, confus et troublé.

— Qu'as-tu donc ? C'est pour toi, fit Ghennady Wassiliévitch.

— Grand-oncle ! murmura le garçon d'une voix craintive, pardonnez-moi... je n'ose pas, vous êtes si bon... je voulais vous demander une faveur,... grand-oncle... il ne me faut pas d'argent.

— Et qu'est-ce qu'il te faut donc? demanda, avec une certaine impatience, Ghennady Wassiliévitch ; dis-le carrément ; je déteste tous ces détours.

— Grand-oncle, accordez-moi une grâce, mettez-moi dans un collège ou dans une institution quelconque ; je suis déjà dans ma douzième année et je n'apprends presque rien ici ; que deviendrai-je donc, quand je serai grand?

— Tu n'es pas dégoûté, toi! fit Ghennady Wassiliévitch en regardant l'enfant avec étonnement. Tu étudies pourtant ici avec les enfants de ton oncle?

— J'étudie, mais très peu. Eux sont riches, cela leur suffit peut-être ; mais moi, je suis pauvre.

— Oui, avec la pauvreté, le manque d'instruction est un malheur, fit d'un air pensif le vieillard. Mais comment veux-tu que je te mette dans un collège? demanda-t-il après quelques secondes de silence, à moins que je ne t'emmène à Saint-Pétersbourg?

— Grand-oncle chéri, emmenez-moi! s'écria Fédia en saisissant et en couvrant de baisers les mains du vieillard. Je vous vénérerai tant! Je chercherai si bien à vous être agréable !

Le vieillard devint songeur.

— Mais on a tant de tracas avec vous autres enfants, fit-il comme à part soi.

— Vous n'aurez pas de tracas avec moi, déclara Fédia, je ne suis pas turbulent comme les autres enfants, demandez-le à l'oncle.

— Oui, tu es un brave garçon, je m'en suis aperçu déjà moi-même; eh bien, soit, partons ; j'aime autant ne pas vivre tout seul sur mes vieux jours; seulement prends garde; je suis bon, c'est vrai, mais en revanche, je suis sévère aussi; si je m'aperçois d'un écart quelconque, je ne te le pardonnerai pas.

— Ne craignez rien, grand-oncle, je ferai tous mes efforts pour vous complaire.

Fédia embrassa de nouveau à plusieurs reprises la main du vieillard pour le remercier, et sortit très satisfait de la réussite de son plan.

Pendant que Fédia, d'une façon si inattendue, préparait ainsi un changement profond dans sa destinée, Macha, la figure étincelante de joie, montrait à Anna Mikhaïlovna le cadeau qu'elle venait de recevoir.

— Cinquante bons roubles, ma tante, disait-elle; savez-vous ce que nous ferons avec cet argent? Nous enverrons Lioubotchka pour tout l'été à la campagne. Pour cinquante roubles, le médecin consentira à la prendre en traitement. Vous vous rappelez? il l'a dit. L'oncle ne s'y opposera pas et ce sera parfait, n'est-ce pas?

— Mais puisque c'est ton argent à toi, ma chérie, à quel propos le dépenserais-tu donc pour Lioubotchka?

— Ah! ma tante! Comme si ce n'était pas la même chose! Puisque le docteur a dit que, pour se remettre, Lioubotchka devrait absolument passer quelque temps à la campagne! Pensez donc, quel bonheur, quand elle nous reviendra en automne toute fraîche et joyeuse!

— Certes, ce sera un bonheur, mais tu as toi-même besoin de cet argent, ma chérie; vois donc, tes bottines se déchirent, tu n'as pas une seule robe convenable, il vaudrait mieux acheter quelque chose pour toi-même.

— Mais non, ma tante, cela ne vaudrait pas mieux du tout. Quelle robe peut donc valoir mieux que la santé de Lioubotchka? Je vous en prie, ma chère tante, faites-moi ce plaisir, acceptez cet argent. J'étais si contente, quand l'oncle me l'a donné ! J'ai tout de suite pensé à Lioubotchka.

— Grigory Matvéïévitch ne permettra pas qu'on te reprenne le cadeau de ton grand-oncle, objecta Anna d'une voix qui trahissait sa perplexité : rendre la santé à Lioubotchka!... la tentation était trop forte !

— Mais ne lui en dites rien. Puisqu'il ne veut pas dépenser de l'argent pour le traitement de Lioubotchka et trouve que c'est absurde, qu'il croie que le médecin la soigne gratuitement ; vous parlerez en ce sens au médecin lui-même, n'est-ce pas, ma tante? Vous le ferez ?

— Mais je ne sais vraiment pas... dit Mme Gourieff d'une voix tout à fait hésitante.

Et elle n'opposa pas de résistance quand Macha lui glissa l'argent dans sa poche.

Le soir même, toute la maison apprit que Ghennady Wassiliévitch emmenait avec lui Fédia à Saint-Pétersbourg. Gourieff en fut très vexé. Devant le vieillard, il ne manifesta pas ses sentiments ; mais lorsque Ghennady Wassiliévitch ne se trouvait pas là, il reprochait à Fédia son ingratitude. Glafira Pétrovna était aussi très irritée : d'abord, parce que ce n'était pas son favori qui avait gagné les bonnes grâces du vieillard, et ensuite parce qu'elle plaignait Wolodia qui pleurait amèrement à l'idée de perdre son camarade. Anna Mikhaïlovna regardait avec compassion l'enfant qui allait partir.

Fédia cherchait à consoler sa sœur.

— La vie te sera dure là-bas, pauvre petit, fit-elle à l'oreille de Fédia, en lui disant le bonsoir ; ne vaudrait-il pas mieux que tu restes ici ?

— Non, ma tante, j'aime autant partir... Je finirai par m'y faire, répliqua le garçon.

Macha pleura toute la soirée à l'idée de se séparer de son frère. Son chagrin fâchait Léon.

— Je ne comprends pas, lui disait-il, comment tu peux regretter Fédia ! C'est tout simplement un garçon servile, qui courtise quiconque est riche.

— Ce n'est pas vrai, Léon, s'écria Macha en prenant chaleureusement la défense de son frère. Il n'est pas du tout tel que tu le dis. Il s'en va avec le grand-oncle, parce qu'il se trouve mal ici, et encore parce qu'il veut étudier; et moi je le regrette, parce que je l'aime.

Fédia se sentait, lui aussi, tout triste de quitter sa sœur, mais il cherchait à la consoler et à se consoler lui-même, par l'idée qu'ils ne se séparaient pas pour longtemps.

— Ne pleure pas, Macha, disait-il en la caressant, tu viendras aussi bientôt à Saint-Pétersbourg. Je tâcherai de plaire si bien au grand-oncle, qu'il te prendra, toi aussi, chez lui. Tu voudras bien venir, n'est-ce pas?

Macha ne répondit que par des larmes.

CHAPITRE VI.

LETTRES.

Lettre de Fédia à Macha.

Le 8 Juillet 18**

« Chère Macha ! Tu me grondes, parce que je ne t'ai écrit qu'une seule lettre et que je ne t'ai rien dit sur ma vie à Saint-Pétersbourg. Tu crois que je t'ai oubliée. Il n'en est rien ; je ne t'ai pas oubliée du tout et je t'aime bien, mais je n'ai vraiment pas le temps de t'écrire souvent. Aujourd'hui, par exemple, grand-oncle est allé en visite, je suis seul à la maison et je vais te conter tout par le menu.

« D'abord, nous demeurons dans un appartement excessivement riche, tel que toi et moi nous n'en avons jamais vu auparavant. Nous occupons en tout huit pièces et j'ai une chambre à part, à côté du cabinet du grand-oncle. Elle est très gentille, garnie de meubles en maroquin vert ; il s'y trouve même un bureau qui ressemble à celui qu'avait maman ; cette chambre me plaît beaucoup ; c'est dommage seulement que je ne puisse y passer beaucoup de temps. Le matin j'y travaille pendant deux heures avec mon professeur, qui me prépare pour entrer au collège, après quoi je suis obligé de demeurer presque toute la journée auprès du grand-oncle. Je lui lis les journaux, je l'accompagne à la promenade et, dans l'après-midi, j'écoute les récits de sa vie passée et je lui raconte moi-même toute sorte de choses, principalement sur Grigory Matvéïévitch et l'existence que nous menions chez lui. Le soir, nous avons ordinairement deux ou trois visites, des anciens amis du grand-oncle, qui causent avec lui ou, la plupart du temps, jouent aux cartes. Quand le grand-oncle joue aux cartes, il aime que je me tienne auprès de lui, il assure que cela lui porte bonheur. A dire vrai, je m'ennuie un peu de rester ainsi quelquefois près de quatre heures à la même place, mais grand-oncle se fâche beaucoup si je demande à aller me coucher, et lorsqu'il gagne au jeu, il me donne vingt, trente kopeks, de sorte que j'ai amassé déjà deux roubles. En revanche, s'il perd, il me gronde et même, avant-hier, il m'a frappé très fort.

« Mais il est néanmoins très bon pour moi : il m'a fait faire deux costumes neufs ; il m'a même acheté des gants et une canne, et je me promène dans la rue, vêtu ainsi qu'un garçon comme il faut.

« Tu me demandes s'il fait très chaud à Saint-Pétersbourg. On suffoque dehors et il y a beaucoup de poussière, mais notre appartement n'est pas exposé au soleil, de sorte que nous ne souffrons pas trop de la chaleur.

« Nous sommes allés avec grand-oncle nous promener plusieurs fois aux îles en calèche, c'est là, dans les villas, qu'on doit être très bien ; j'ai même porté quelque envie aux garçons et aux fillettes qui couraient dans les jardins, mais grand-oncle dit qu'il n'aime pas vivre dans une maison de campagne.

Fédia écrit à sa sœur.

Un vieillard de ses amis l'a prié de me laisser passer une semaine à la campagne chez sa fille, qui a des fils de mon âge ; mais grand-oncle ne l'a pas voulu : il dit que ces garcons sont très turbulents, que je ne dois pas me lier avec eux.

« Tu me demandes si je ne me repens pas d'être venu à Saint-Pétersbourg. Mais pas du tout. Je suis ici bien mieux que vous autres là-bas. Quelquefois, quand grand-oncle est de mauvaise humeur, il me gronde sans que je l'aie mérité, ou bien encore je m'ennuie un peu de rester à ses côtés, mais en revanche, j'ai la certitude qu'il ne m'abandonnera jamais et qu'il me casera bien.

« Je voudrais bien te voir près de moi, Macha. Maintenant, je n'ose pas encore demander au grand-oncle de te faire venir, mais un peu plus tard, quand il s'habituera à moi et qu'il me prendra en affection, je le prierai pour toi, si tu me promets seulement de te montrer soumise et respectueuse envers lui. Il déteste la désobéissance et il m'a dit que si, en quoi que ce soit, je m'écarte de sa volonté, il me chassera immédiatement de la maison. Tu comprends quel malheur irrémédiable ce serait pour moi, et comme je dois être prudent.

« Tu ne m'as pas écrit comment tu as dépensé l'argent que t'a donné le grand-oncle. Si tu l'as encore et que tu n'en aies pas trop besoin, envoie-moi, je t'en prie, chère sœur, dix ou vingt roubles. J'en ai besoin, pour les donner aux domestiques ; nous avons deux valets de chambre qui ne sont polis avec moi qu'en présence du grand-oncle ; quand il n'est pas là, ils sont insolents et ne veulent m'obéir en rien. Je crois que, si je leur distribuais de l'argent, ils deviendraient plus aimables. Je leur aurais donné ce que j'ai, mais ils ont un tel air d'importance, que j'ai honte de leur offrir si peu. Adieu, chère Macha, je t'embrasse bien fort.

« Je reste ton frère affectionné

« FÉDIA. »

Lettre de Macha à Fédia.

Septembre 18**

« Mon cher, bien cher Fédia, comme je me sens triste chaque fois que je me mets à t'écrire. Qu'il m'est pénible de penser que nous nous trouvons

Macha répond à son frère.

dans des villes différentes et que nous ne pouvons nous apprendre ce qui nous intéresse que par correspondance. Mon chéri, quoique tu ne me le dises pas, je vois bien, au ton de tes lettres, que la vie est dure pour toi dans la maison du grand-oncle. Que je voudrais être à tes côtés, te consoler et te défendre ! Je n'échangerais pas ma situation actuelle contre la tienne. Il est vrai que j'ai bien des avanies à supporter et de l'oncle et surtout de la tante Glafira ; je porte des robes rapiécées et des bottines déchirées, j'endure la faim et les affronts, mais je ne suis pas seule, du moins ; j'ai la tante Anna, si bonne, si douce, toujours prête à partager mon chagrin, quel qu'il soit, et puis j'ai Léon, Lioubotchka, qui souffrent non moins que moi, et avec lesquels je puis toujours m'épancher à cœur ouvert. Wolodia lui-même s'est lié maintenant avec moi ; sans toi il s'ennuie, force lui est de venir nous trouver, Léon et moi ; et comme nous lui tenons tête, il finit par prendre l'habitude de se conduire comme il faut. Quand nous sommes là tous ensemble, calmes et tranquilles, dans la chambre de la tante Anna, je pense souvent à toi et je suis si triste en me rappelant que tu es seul, tout à fait seul, au milieu d'étrangers, qui ne t'aiment pas plus que tu ne les aimes !

« Ce mois-ci, j'ai eu deux grandes satisfactions. D'abord, le 6 septembre, le médecin est revenu de la campagne et nous a ramené Lioubotchka. La vie au bon air, dans la famille si gentille du docteur, lui a fait beaucoup de bien ; elle a un peu grandi et engraissé, son teint s'est tout hâlé et, ce qui importe le plus, elle est devenue moins craintive et moins pleurnicheuse. Avant de l'avoir revue, je regrettais de n'avoir pu t'envoyer mon argent, mais plus maintenant : tu réussiras sans doute, par ta conduite bienveillante à leur égard, à te concilier l'affection des domestiques, même sans leur donner de l'argent, tandis que la pauvre fillette se serait étiolée dans l'atmosphère étouffante de nos chambres, si le cadeau du grand-oncle n'était survenu si à propos. L'oncle la laissa partir avec le médecin sans trop de difficulté, mais il ne voulait rien dépenser pour cela, assurant que tous les traitements ne sont qu'inepties imaginées uniquement dans le but de ruiner les gens. Ma tante et moi, nous n'avons dit ni à lui, ni à personne, avec quel argent nous avons payé le médecin : c'est un secret que toi seul tu connais.

« La seconde satisfaction que j'ai eue date à peine d'avant-hier. En revenant de la campagne, la femme du docteur vint nous voir plusieurs fois et fit connaissance avec moi. Elle vit avec grand regret que je n'apprenais rien et m'offrit de venir chez elle tous les jours étudier ensemble avec ses deux filles. Tu peux t'imaginer combien j'en fus contente. Tout d'abord l'oncle, sans doute à l'instigation de sa cousine ne voulait même pas en entendre parler. Mais je l'ai tant supplié, je l'ai tant pressé, en dépit de ses gronderies et des coups d'épingles de Glafira Pétrovna, qu'il a donné enfin son consentement. C'est la troisième leçon que je suis allé prendre aujourd'hui. Le docteur a deux filles, une de quatorze ans, l'autre de douze ; et pense un peu quelle honte ! j'en sais moins que la cadette. En revanche, comme je vais m'appliquer !

« Ma tante et moi, nous voulons cette année commencer à instruire Lioubotchka, qui est déjà dans sa neuvième année. En attendant, nous sommes en train de réfléchir aux moyens de lui rendre l'étude plus facile et plus agréable : c'est une enfant si faible qu'il ne faut pas la rebuter.

« Wolodia et Léon sont finalement entrés au collège comme externes. Ils ont passé leurs examens tant bien que mal et n'ont été admis que sur la prière de l'oncle. Wolodia apprend très médiocrement, quoique Glafira Pétrovna ait persuadé à l'oncle de lui donner un répétiteur qui s'occupe avec lui tous les soirs et l'aide à préparer ses leçons. Léon étudie bien, mais on le punit souvent, parce qu'il est grossier avec ses professeurs ; il s'accorde aussi très mal avec ses camarades.

« Adieu, mon chéri ; écris-moi le plus souvent que tu pourras et n'oublie pas ta sœur qui t'aime bien fort.

MACHA. »

Autre lettre de Fédia à Macha.

Le 27 décembre 18**

« CHÈRE MACHA,

« Il y a presque six mois que je ne t'ai pas écrit, mais c'est parce que j'ai été un peu fâché contre toi. Tu es très imprudente ; dans une de tes dernières lettres, tu t'es permis de t'exprimer d'une façon irrespectueuse sur le compte du grand-oncle. Comme par un fait exprès, je reçus cette lettre à dîner et grand-oncle m'ordonna de la lire à haute voix. Il se fâcha tout rouge contre toi et contre moi, et j'eus bien de la peine à le calmer. Je t'en prie, sois plus circonspecte une autre fois, n'oublie pas que je vis des bienfaits du grand'oncle et que nous devons lui en être reconnaissants. En général, nous ferions mieux de nous écrire moins souvent, puisque autrement tout le monde s'étonne de voir que je reçois tant de lettres de toi. Du reste, quant à moi, je n'ai même pas le loisir de t'écrire, à dire vrai. Je passe tout mon temps avec le grand-oncle et je profite du moindre moment libre pour étudier. Depuis l'automne, je suis entré comme externe au collège. Mon professeur me disait que je pouvais passer mon examen pour la seconde, mais je n'ai pas voulu : en seconde, les études me seraient diffiles, et je devrais rester l'un des derniers : j'ai donc concouru pour la première, si bien que tous les professeurs m'ont félicité et maintenant je suis le second de ma classe ; je serais même le premier, mais j'ai trop peu de temps pour préparer mes devoirs : je ne peux pas, comme les autres, passer des soirées entières sur mes livres, parce que le grand-oncle a besoin de moi.

« Au commencement, j'avais de la peine à venir à bout de ma tâche, mais à présent je me suis plié aux usages du collège : si je m'aperçois que la leçon est très difficile et au-dessus des forces des autres, je tâche de l'apprendre du mieux que je peux, et je m'offre de moi-même à la réciter. De cette façon, j'ai de bonnes notes dans toutes les matières de l'enseignement, et le directeur a dit, avant la fête, au grand-oncle que je donne de grandes espérances. Celui-ci en a été très content et m'a promis de me faire cadeau d'une montre en or, si je passais premier dans la classe suivante. Je ferai certainement tous mes efforts pour satisfaire à son désir et mériter un aussi riche cadeau, mais je ne suis pas sûr de réussir, le premier de la classe étant un élève très capable et très appliqué.

« J'ai beaucoup de camarades ; nous sommes trente-cinq dans ma classe. Je ne me querelle avec personne, mais je ne me lie pas beaucoup non plus avec eux ; ils ne sont pas précisément à mon goût ; ils sont tous si grossiers, et n'aiment qu'à se battre ou à inventer des jeux qui nous exposent aux gronderies du surveillant. Au collège, je passe tout mon temps libre à étudier, mais, en revanche, s'il se produit quelque polissonnerie, les surveillants savent d'avance que je n'y ai point pris part et ne me punissent pas avec les autres.

« Ah ! Macha, comme on est bien à Saint-Pétersbourg en hiver, bien mieux qu'en été ! Que de beaux magasins et que de belles choses on y vend ! Et au théâtre, comme on s'amuse ! Hier nous avons été au ballet avec le grand-oncle : c'est d'une magnificence telle que tu ne pourrais même jamais te l'imaginer. Quand je serai grand, je tâcherai absolument de devenir aussi riche que le grand-oncle pour pouvoir m'acheter tout ce que je voudrai et m'offrir le théâtre au moins une fois par semaine. J'ai amassé maintenant cinq roubles et, avec cet argent, j'aurais pu aller au théâtre et en outre m'acheter un très joli encrier, mais je préfère l'employer à faire des étrennes au grand-oncle, cela lui sera agréable et il me donnera, à coup sûr, encore plus d'argent. Adieu, Macha. Ne m'écris pas trop souvent, et surtout ne dis pas de mal dans tes lettres ni du grand-oncle, ni de ma façon de vivre ici.

« Ton frère affectionné, FÉDIA. »

Après avoir reçu cette lettre de son frère, Macha fondit en larmes. Comment, Fédia, son cher Fédia la priait de lui écrire moins souvent, il lisait ses lettres aux autres et lui reprochait sa trop grande franchise! Dans le premier moment, la fillette eut envie d'envoyer à son frère un billet très dur pour lui déclarer qu'elle ne désirait plus le gêner avec ses lettres; mais s'étant calmée, elle se hâta d'absoudre mentalement Fédia et de charger de toute la faute le vieux grand-oncle capricieux. Elle écrivit à son frère une lettre amicale, mais très prudente, le priant de lui pardonner son étourderie, et d'envoyer de ses nouvelles au moins une fois par mois.

Nous ne citerons pas ici toutes les lettres échangées entre le frère et la sœur, puisqu'elles ne nous révèleraient rien de nouveau sur leur existence. Fédia entra premier en seconde classe; il reçut en cadeau, de son grand-oncle, une montre en or, et continua à mériter les bonnes grâces de ses maitres par son application et sa bonne conduite. Macha était, comme par le passé, en lutte continuelle avec Glafira Pétrovna et consacrait toutes ses heures de loisir à Anna Mikhaïlovna et à Lioubotchka, dont la santé commençait à s'altérer de nouveau avec les gelées d'hiver.

— —

CHAPITRE VII.

CHAGRIN DE FAMILLE.

Plus de six mois s'étaient écoulés depuis la lettre de Fédia que nous avons citée plus haut. Par une claire journée de septembre, dans une rue de la ville de R***, s'avançait une fillette maigre et élancée, âgée de quinze ans à peu près. Quoiqu'elle ait beaucoup grandi et qu'elle ait presque l'air d'une jeune fille, nous reconnaissons en elle, sans trop de peine, notre ancienne amie Macha. Elle revient de la maison du médecin, où elle continue à prendre des leçons et porte un paquet de livres dans ses mains. Sa figure exprime une animation extraordinaire ; tantôt elle ralentit sa marche, tantôt elle s'élance en avant, presque en courant : il est évident que quelque chose l'agite fortement.

— Il n'y a pas à hésiter, certes, je pars ! dit-elle finalement, presque à haute voix, et les yeux brillant d'une joyeuse résolution.

Le fait est que, ce jour-là, la femme du médecin vient de lui annoncer qu'ils quittaient la petite ville pour s'en aller à Saint-Pétersbourg, et de l'inviter à les accompagner, en lui offrant de la faire étudier ensemble avec ses filles.

Tout d'abord cette offre a excité chez Macha un transport de joie : vivre dans cette bonne famille, étudier avec des amies chéries, —quel bonheur ! Mais immédiatement après, une pensée est venue à l'esprit de l'enfant : et la tante Anna, et Lioubotchka, et Léon, comment les quitter ? Ils l'aiment tant, ils ont tant besoin d'elle ! Elle a fait part de ses doutes à la femme du médecin, mais celle-ci a su les dissiper en exposant très judicieusement à la fillette que dans trois ans, quand elle reviendra dans la famille de son oncle, jeune fille instruite, elle sera bien plus utile à ses parents qu'en restant avec eux maintenant. En route, Macha a réfléchi aux paroles de sa chère institutrice, et en fin de compte les a trouvées justes Voilà pourquoi sa figure exprime la résolution, pourquoi elle gravit l'escalier d'un pas si léger et rapide et entre vivement dans la salle à manger.

Absorbée dans ces pensées, elle ne s'aperçut pas qu'il se passait quelque chose d'extraordinaire dans la maison : dans l'antichambre, les domestiques se tenaient oisifs et causaient avec animation ; dans la salle à manger, la table n'était pas encore mise, quoique l'heure du dîner fût sonnée. Macha voulut aller tout droit à sa chambre, mais dans le couloir elle se rencontra avec Glafira Pétrovna.

— Ah ! voici son amie ! Venez, venez, je vous en prie, mademoiselle, fit-elle, la rage dans la voix, en entraînant la fillette vers la chambre de Mme Gourieff.

Gourieff était pâle de colère.

Macha ne songea même pas à résister; elle comprit tout de suite qu'il s'agissait de Léon et son cœur se serra dans la prévision d'un malheur.

Dans la chambre de Mme Gourieff allait et venait à grands pas son mari, pâle de colère; dans un grand fauteuil était à demi couchée Anna, qui se serrait les tempes de ses mains avec l'expression de la plus profonde souffrance ; dans un coin de la chambre, accroupie, sanglotait Lioubotchka, et près de la porte se tenait Wolodia, la tête baissée, l'air inquiet et chagrin.

— Chère tante, qu'avez-vous ? qu'est-ce qui est arrivé ? s'écria Macha, en se jetant à genoux devant sa tante.

Celle-ci ne put que pousser un gémissement sourd. Ce fut Grigory Matvéïévitch qui répondit pour elle.

— Ce qui est arrivé ?... s'écria-t-il, en s'arrêtant devant Macha et en la regardant avec autant de colère que si c'eût été elle la seule coupable de tout. — Il est arrivé que ton cher ami, ce vaurien de Léon a été exclu du collège.

— Exclu du collège ?... Mon Dieu, mais pourquoi donc?... Et où est donc Léon ?

Personne ne répondit à ces questions. Grigory se remit de nouveau à arpenter la chambre en marmottant quelque chose entre ses dents. Anna Mikhaïlovna n'avait évidemment pas la force de parler.

Macha s'approcha de Wolodia et le pria de lui raconter ce qui s'était passé et où se trouvait Léon.

— Vois-tu, lui répondit à voix basse Wolodia, Léon

avait été hier très insolent avec le directeur ; et celui-ci lui avait dit : « Demain vous me demanderez pardon devant toute la classe, autrement vous serez exclu du collège ». Mais aujourd'hui, Léon, au lieu de demander pardon, a dit de nouveau des impertinences au directeur ; alors celui-ci s'est fâché ; il a écrit à papa de reprendre Léon, sous peine d'exclusion, et donné l'ordre au concierge, un vieux soldat, de porter la lettre et de ramener l'enfant à la maison. Léon est parti avec le vieux militaire, et en route a réussi à s'échapper. Le concierge a remis la lettre à papa sans lui rien dire. Papa croyait que Léon était resté au collège et qu'il reviendrait avec moi ; or il n'est pas revenu : on l'a envoyé chercher par toute la ville, mais il s'est passé déjà une bonne heure, et il n'est toujours pas là.

— Mon Dieu, quel malheur ! dit Macha, avec un soupir.

— Mais pourquoi donc, Wolodia, ne nous as-tu pas dit hier que le directeur avait ordonné à Léon de lui demander pardon ?

— A dire vrai, je l'avais tout simplement oublié. Léon lançait chaque jour des impertinences à l'un ou à l'autre ; je croyais qu'on le punirait comme à l'ordinaire, et voilà tout, répondit Wolodia pour se disculper.

— Oui, pour le punir, certes, on le punira, s'écria Gourieff. Qu'il vienne seulement, je lui apprendrai à dire des impertinences à ses maîtres.

— Et tout cela, parce qu'on l'a trop gâté, se hâta

d'intervenir Glafira Pétrovna ; j'ai toujours dit qu'on ne ferait rien de ce garçon ; mais on ne veut jamais me croire.

Anna allait parler, peut-être prendre fait et cause pour son fils, mais une crampe lui serra la gorge ; elle rejeta sa tête en arrière et fut prise d'une forte attaque de nerfs, à laquelle succéda un état de prostration complète. Toute la famille se mit à prodiguer des soins à la malade, puis, quand sa crise fut passée, et qu'à moitié assoupie, elle se trouva plus tranquille, dans son lit, tous quittèrent la chambre en laissant auprès d'elle la seule Macha. Vers le soir seulement, Anna Mikhaïlovna rouvrit les yeux et demanda d'une voix inquiète :

— Eh bien ! est-il revenu ?

— Pas encore, ma tante, répondit Macha.

Mais la nuit se passa, ainsi que la matinée du jour suivant, et le garçon n'était toujours pas là. Avant le dîner, Grigory entra dans la chambre de sa femme, qui avait pu se remettre quelque peu, après sa crise de la veille.

— Vous ne vous seriez pas avisées, par hasard, de cacher quelque part le gamin ? fit-il, en s'adressant à Mme Gourieff et à Macha.

— Quelle idée ! comment aurions-nous fait cela ? s'écria Anna.

— C'est ce que je me dis aussi. Je ne suis pas un scélérat, après tout. Certes je le punirai, il le mérite bien, mais je ne le tuerai pas. Si vous savez où il se trouve, dites-le-moi.

— Mais nous ne le savons vraiment pas, mon oncle, répondit Macha.

Gourieff fronça les sourcils.

— Où donc a-t-il pu se réfugier? fit-il soucieux; on l'a cherché dans toute la ville.

Anna pâlit et manqua de se trouver mal.

Encore un soir et une nuit se passèrent, et l'on était toujours sans nouvelles de Léon.

Anna et Macha l'attendaient d'un moment à l'autre avec une angoisse mortelle. Grigory Matvéïévitch continuait de gronder contre son fils, mais il était évident qu'il était plus inquiet qu'irrité. Lioubotchka devint malade à force de pleurer; Wolodia, quoiqu'il n'eût jamais vécu en excellents termes avec son frère, oubliait son arrogance et prenait une vive part au chagrin de sa famille.

Les heures succédaient aux heures, les jours aux jours, et Léon ne reparaissait pas; personne ne l'avait vu depuis le moment où il avait échappé au concierge qui l'accompagnait à la maison, personne ne savait ce qu'il était devenu. La faible santé d'Anna Mikhaïlovna ne put supporter cette nouvelle et terrible épreuve: elle tomba malade et s'alita. A part Macha, il n'y avait personne pour prendre soin d'elle: occupée de la malade, inquiète pour son cousin disparu, la fillette n'avait pas le temps de songer à son propre sort. La femme du docteur vint la voir plusieurs fois et l'engagea à partir avec elle.

— Est-ce que je puis quitter ma tante malade? répondait la fillette, les yeux remplis de larmes.

La famille du médecin partit pour Saint-Pétersbourg.

En apprenant cette nouvelle, Macha poussa un profond soupir, mais personne, dans son entourage, ne soupçonnait la signification qu'avait pour elle ce départ, et le sacrifice qu'elle s'était imposé.

Presque un mois s'était écoulé depuis la fuite de Léon. Tout d'un coup le facteur apporta à Macha une lettre dont l'adresse n'était pas de l'écriture de son frère. La fillette, qui jusqu'alors n'avait jamais reçu de lettres que de lui, décacheta vivement l'enveloppe et faillit crier de joie : il y avait dedans une toute petite lettre, écrite de la main de Léon.

« Chère Macha, écrivait le garçon, je demeure dans la raffinerie de l'oncle de Kolokoloff, l'un de mes camarades du collège. Kolokoloff m'a donné une lettre pour lui ; il m'a accepté et se charge de m'apprendre la fabrication du sucre.

« Je suppose que maman a beaucoup pleuré sur mon absence. Console-la ; je suis assez bien ici : j'ai beaucoup à travailler, mais cela ne fait rien. Adieu.

« LÉON G. »

Macha courut immédiatement montrer cette lettre à Anna Mikhaïlovna. Elle était courte et très peu circonstanciée, mais rien que de savoir son fils en vie, c'était déjà une consolation immense pour la pauvre mère.

Par le même courrier, Grigory Matvéïévitch reçut

aussi une lettre du propriétaire de la raffinerie où s'était réfugié le garcon. Kolokoloff écrivait qu'il consentait à prendre à son service Léon, si Grigory Matvéïévitch lui envoyait le passeport de l'enfant et s'engageait par contrat à le laisser dans la raffinerie pendant sept ans.

Grigory entra dans une grande colère au reçu de cette lettre.

— Vois un peu de quelle excellente façon ton favori a disposé de lui, dit-il, en entrant dans la chambre d'Anna. Il se trouvait mal dans la maison de son père et a préféré de s'engager comme ouvrier dans une fabrique : belle situation, il n'y a pas à dire !

— Tu iras là-bas ? tu le ramèneras chez nous ? fit d'une voix suppliante la malade.

— Je m'en soucie bien ! Il veut être simple ouvrier, eh bien ! qu'il le soit, qu'est-ce que cela me fait ? Je signerai le contrat avec Kolokoloff, je le prierai de tenir le gamin d'une main ferme et voilà tout.

— Voyons, Grigory Matvéïévitch, c'est ton fils et non un étranger ! C'est encore tout à fait un enfant, on ne peut pas l'abandonner ainsi !

— S'il est encore un enfant, eh bien ! il doit obéir à son père et non disposer de lui selon son gré ! Enfin nous verrons cela.

La voix de Gourieff trahissait l'hésitation, et Anna Mikhaïlovna espérait qu'il se laisserait fléchir et irait au moins voir Kolokoloff avant de placer chez lui Léon pour sept années entières. En effet, le premier accès de colère passé, Grigory Matvéiévitch était prêt à satisfaire au désir de sa femme, lorsqu'intervint Glafira avec ses insinuations.

— Voyons, cher frère, disait-elle, pourquoi vous dérangeriez-vous pour un voyage aussi lointain ? 400 verstes, ce n'est pas une plaisanterie, cela ; Léon n'est plus un gamin, il aura bientôt ses quatorze ans révolus; il a choisi lui-même ce genre de vie, eh bien ! laissez-le faire. N'ayez crainte, après qu'il aura mangé le pain d'autrui, celui de son père lui paraîtra meilleur. Du reste, vous ne pouvez plus quand même le garder à la maison. Vous voyez vous-même à quel point l'a gâté Anna Mikhaïlovna. Laissez-le là. S'il s'y trouve mal, il reviendra bien faire amende honorable.

Grigory, habitué à suivre les perfides conseils de sa « chère cousine », agit cette fois encore selon son désir. Il expédia à Kolokoloff toutes les pièces nécessaires et le sort de Léon fut décidé. Léon, lui, ne s'affligeait guère de tout cela ; en réponse aux lettres dans lesquelles Anna Mikhaïlovna et Macha le suppliaient de leur donner des détails sur sa façon de vivre chez Kolokoloff, il écrivit la lettre suivante :

« Chère maman, vous avez tort de vous inquiéter sur mon compte, de penser que je suis mal ici. Poin du tout. Je travaille beaucoup, quoique moins que les ouvriers adultes. Je puis utiliser maintenant ma force physique. Puis, le patron m'explique l'agencement des diverses machines et comment tout se fabrique, et il me prête des livres à lire. Je suis vêtu grossièrement, comme tous les ouvriers, mais la nourriture que le patron me donne n'est pas pire que chez nous à la maison; elle est même meilleure, puisqu'elle est plus abondante. Personne ne me fait du mal. Adieu, tous mes compliments à Macha.

« Votre fils LÉON. »

Cette lettre ne rassura nullement Mme Gourieff Léon, son cher Léon, menant la vie d'un simple ouvrier, ne recevant presque aucune instruction!.. La pauvre mère passait presque toutes ses soirées et ses nuits à pleurer sur son fils. Macha avait beau la consoler, lui persuader que le patron de Léon était, selon toute évidence, un brave homme qui s'intéressait à l'enfant, Anna restait sourde à toutes ces consolations. Sa santé ne put supporter ce chagrin permanent. Elle languissait, dépérissait, à ce point que Grigory Matvéïévitch lui-même, qui considérait toujours les maladies de sa femme comme des caprices, s'en aperçut et appela un médecin. Celui-ci vint trois ou quatre fois, ordonna une médecine qui ne soulagea nullement la malade et enfin cessa ses visites.

Au printemps, Anna s'alitait et ne se levait plus. Elle était prise d'une fièvre nerveuse, et dans son délire elle s'agitait sous ses couvertures, appelait son Léon, causait avec lui, chassait son mari. Seule, Macha savait lui plaire et, passant ses jours et ses nuits à son chevet, adoucissait au moins en partie ses souffrances. Pendant trois semaines la malade demeura ainsi sans reconnaître personne. Enfin, une nuit, elle revint à elle.

— Macha !... murmura-t-elle.

Macha se pencha au-dessus de son lit en prêtant l'oreille à sa faible voix.

— Macha, je te remercie ! fit la malade, en appuyant ses lèvres contre la main de la fillette.

— Tante chérie, mais de quoi donc ? s'écria Macha, émue.

La malade ne répondit pas; il était évident qu'elle avait peine à parler. Après quelques instants, ayant rassemblé ses forces, elle prononça, d'une voix encore plus faible :

— Je vais mourir... je le sens... Macha... j'ai une prière à t'adresser.

— Quoi donc, ma tante ? dites, je ferai tout ce que vous voudrez.

— N'abandonne pas Léon et Lioubotchka ! Ecris à Léon s'il le faut... viens à son aide... et quant à Lioubotchka, prends bien soin d'elle... élève-la... ne la quitte pas... je les plains tant...

— Ma tante, ne vous inquiétez pas, j'aimerai toujours Léon et Lioubotchka et je ferai pour eux tout ce que je pourrai, je vous le promets !

Dans les yeux éteints de la mourante brilla un éclair de joie.

— Mon ange, je te remercie, murmura-t-elle ; — maintenant, je suis tranquille, je suis bien, je vais m'endormir !

Elle pressa encore une fois contre ses lèvres la main de Macha et ferma les yeux. Sa respiration était devenue égale, elle ne s'agitait plus, comme au commencement de sa maladie. Macha crut qu'elle dormait et, fatiguée elle-même par les insomnies et par l'émotion qu'avaient provoquée en elle les dernières paroles de la malade, elle se laissa tomber dans un grand fauteuil et s'assoupit. Elle fut réveillée par la voix perçante de Glafira Pétrovna.

— Ah ! Seigneur, mais elle est morte, à ce que je vois ! Mais oui, elle est toute froide ! Et toi, sotte, qu'est-ce que tu as donc à dormir ? Il faut le dire à Grigory Matvéïévitch, et puis laver la défunte.

Macha tressaillit et se leva en sursaut. Le soleil de mai envoyait ses gais rayons par les fenêtres de la chambre où, dans un coin, Glafira se tenait penchée sur le corps inanimé d'Anna Mikhaïlovna.

CHAPITRE VIII.

LA DÉCISION.

La mort d'Anna n'apporta guère de changement dans la vie des Gourieff. Grigory Matvéïévitch restait moins longtemps chez lui, et témoignait encore plus d'indifférence pour tout ce qui se passait dans sa famille. Glafira Pétrovna devint la maitresse absolue de la maison, ce dont souffrait le plus Macha. Pénible était l'existence de la pauvre fillette ! Autrefois, elle avait au moins auprès d'elle deux êtres qui sympathisaient avec elle et la consolaient par leur amitié ; mais maintenant que Léon était loin, et qu'Anna Mikhaïlovna reposait dans la terre, elle se sentait complètement seule. Lioubotchka l'aimait, il est vrai, mais c'était encore une enfant, et une enfant arriérée, maladive, qui demandait beaucoup de soins et de sollicitude et ne procurait que peu de joie, en attendant. C'était à l'occasion de Lioubotchka précisément que naissaient la plupart des discussions entre Macha et Glafira Pétrovna. Macha était d'avis que la fillette, déjà par trop craintive, ne devait pas être intimidée encore plus par des châtiments ou des réprimandes sévères, qu'il fallait lui donner à manger davantage et l'obliger à se remuer le plus possible. Glafira Pétrovna, au contraire, comptait chaque bouchée de pain que mangeaient les fillettes, ne parlait jamais à Lioubotchka que d'une voix rude et impérieuse et ne demandait qu'à l'immobiliser toute la journée sur un travail de couture ou de tricot parfaitement inutile.

Macha défendait chaleureusement ses propres droits et ceux de l'enfant qu'elle avait prise sous sa protection. Glafira était bien souvent obligée de lui céder, mais, après chaque victoire semblable, la pauvre fillette retournait dans sa chambre, fatiguée, épuisée, et se jetait sur son lit en fondant en larmes.

« Mon Dieu, quelle vie insupportable » ! pensait-elle en ces moments-là. « Est-il possible que je doive traîner encore longtemps ainsi ? J'aurai bientôt seize ans révolus ; les autres jeunes filles de mon âge ont presque fini leurs études, elles ont déjà les moyens de vivre de leur propre travail, tandis que moi je ne possède aucune connaissance, je ne sais rien faire, je serai obligée de vivre toute ma vie de la charité d'autrui et de supporter les avanies de gens qui se croient mes bienfaiteurs ! »

Un jour, toutes ces tristes pensées tourmentaient plus particulièrement la pauvre Macha. Lioubotchka se sentait indisposée depuis le matin et, à cause de cela, pleurait à chaque instant. Glafira Pétrovna s'irrita de ces larmes, et voulut l'enfermer pour toute la ournée dans un cabinet noir. Macha eut grand'peine à soustraire la fillette à ce châtiment et à l'envoyer à la promenade avec Wolodia qui n'était pas allé ce jour au collège, sous prétexte de mal à la tête. Macha eut à subir bien des coups d'épingles et des reproches humiliants, avant que la tante la laissât finalement tranquille et s'en fût vaquer à ses affaires.

« Non, cela ne peut pas durer ainsi, c'est absolument impossible, pensait la pauvre jeune fille, en se promenant à pas rapides dans sa petite chambrette. Il me faut absolument trouver un moyen de modifier ma situation d'une façon ou d'une autre. »

En ce moment entra la femme de chambre, qui lui remit un gros paquet. Macha reconnut tout de suite sur l'adresse l'écriture de Fédia et elle se hâta d'ouvrir l'enveloppe : il s'y trouvait une lettre et un acte. Macha ne fit pas attention à l'acte et se mi immédiatement à lire la lettre.

« Chère sœur, écrivait Fédia, il y a longtemps que je ne me suis senti si heureux qu'en ce moment, et il est probable que tu partageras mes sentiments, car la même joie t'attend aussi. Tu n'as certainement pas oublié notre vie chez maman, tu te rappelles combien nous étions heureux dans notre enfance et comme nous ne manquions de rien. Depuis longtemps j'étais préoccupé du désir de savoir d'où notre mère tirait les ressources nécessaires à notre entretien ; je me rappelais très bien qu'elle ne travaillait pas, donc elle avait de l'argent ; qu'était donc devenu cet argent après sa mort? Un heureux hasard m'a aidé à résoudre cette question. Mon grand-oncle fit la connaissance d'un ancien ami de mon père, qui avait aussi bien connu maman et sa façon de vivre. Je me suis adressé à lui et il m'a appris qu'en mourant notre père avait laissé un héritage de 15.000 roubles ; notre mère et nous, nous vivions des intérêts de cet argent, qui est resté intact tant qu'elle a vécu. J'ai raconté tout cela au grand-oncle, qui a pris des renseignements; et il s'est trouvé qu'en effet nous ne sommes pas du tout de pauvres orphelins, recueillis par la charité d'un bon parent. Maman avait désigné Grigory Matvéïévitch pour notre tuteur ; et lui, au lieu d'employer notre argent pour nous donner de l'instruction, nous entretenait comme des mendiants et, tout en nous volant, se vantait partout de sa bienfaisance. Le grand-oncle est entré dans une violente colère, en apprenant cela; moi aussi, j'en ai été très indigné. Mais ce qu'il y a de mieux, c'est que l'affaire peut être réparée; le grand-oncle s'est arrangé de façon à se faire nommer mon curateur, et il reprendra à Grigory Matvéïévitch ma part de l'héritage; si tu signes et que tu me renvoies l'acte ci-inclus, ton argent sera également placé en bonnes mains ; tu pourras disposer des intérêts qu'il te rapportera et arranger ta vie à ton gré. Je te conseillerai de venir le plus tôt possible à Saint-Pétersbourg; le grand-oncle dit que tu es encore trop jeune pour vivre seule, et qu'il pourrait te placer soit dans quelque bon pensionnat de jeunes filles pour terminer tes études, soit dans une des familles qu'il connaît.

« Maintenant, je vais te dire quelques mots de moi-même, quoiqu'il ne vaille pas la peine d'en parler beaucoup, puisque nous nous reverrons sans doute bientôt. La semaine prochaine commencent les vacances dans notre collège, et j'espère passer le premier en quatrième et obtenir de nouveau un Certificat d'Éloge et des prix. Cette année-ci, il m'a été particulièrement difficile de mériter cette distinction : la santé du grand-oncle est si faible, il m'aime tant, que je suis obligé de demeurer toujours auprès de lui et ne puis consacrer à mes études que très peu de temps. Heureusement, les autorités supérieures du collège et tous mes professeurs sont bien disposés pour moi et me témoignent une certaine indulgence. Adieu, chère Macha ; j'espère que nous nous reverrons bientôt.

« Ton frère aimant,

« FÉDIA. »

Macha relut plusieurs fois la lettre, sans en croire ses yeux. Etait-ce possible ? Alors qu'elle se croyait si malheureuse, et n'entrevoyait aucun moyen de modifier sa situation, ce moyen se présentait de lui-même. Et comme tout était simple et facile ! Signer l'acte qu'elle venait de recevoir, le renvoyer à Saint-Pétersbourg et, dans quelques semaines, peut-être même quelques jours, elle posséderait de l'argent, elle serait libre, elle commencerait à vivre d'une vie indépendante. Le cœur de la jeune fille palpitait fortement, elle sentait que le sang circulait plus rapidement dans ses veines; tout son être vibrait de joie! Quelques instants plus tôt, elle était une pauvre mendiante à laquelle on reprochait un morceau de pain, qu'on menaçait de chasser de la maison ; et maintenant il se trouvait qu'elle ne vivait pas des bienfaits d'autrui, que c'étaient les autres, au contraire, qui vivaient à ses dépens, qui jouissaient de sa fortune. Quel plaisir ce serait pour elle de dire tout cela à Glafira Pétrovna, quel plaisir de quitter pour toujours cette femme méchante et acariâtre! Le garçon avisé que Fédia, et quelle bonne idée il avait eue de causer avec l'ancien ami de son père! Et comment elle-même n'avait-elle jamais pensé à se renseigner sur ce qu'était devenu l'argent de sa mère? Mais que faire maintenant? Aller raconter tout à tante Glafira? Non, à quoi bon? Pour s'attirer encore des ennuis de toute sorte, des discours et des explications? Mieux valait signer simplement l'acte, le renvoyer à Saint-Pétersbourg, puis s'en expliquer avec l'oncle. Comme il serait étonné! Comme il se fâcherait! Eh! que lui importait, à elle? Bientôt elle serait à Saint-Pétersbourg, elle serait libre; et alors, il pouvait bien se fâcher tant qu'il voudrait!

Macha déploya l'acte et se dirigea vers la table, pour le signer. Tout à coup Lioubotchka, de retour de sa promenade, entra dans sa chambre. L'air frais avait produit un bon effet sur la fillette. Sur ses joues brillait un léger incarnat; elle ne paraissait plus si indolente ni si malade que le matin.

— Vois-tu, comme tu avais raison, Macha, de dire

qu'il fallait que j'aille me promener, fit-elle en embrassant sa cousine et en se pressant contre elle; je me porte tout à fait bien maintenant et je suis si contente! Wolodia m'a conduite par toutes sortes de petites rues tout au bout de la ville. Il fait si bon par là, l'herbe y est si verte, et il y a un grand jardin. Wolodia disait qu'il ne pouvait aller avec moi dans les rues principales, parce que là, qui sait? il pourrait rencontrer quelqu'un de son collège, qui verrait qu'il n'était pas malade du tout; et puis, il disait encore qu'il avait honte de se promener avec moi, parce que je suis si mal mise. Et toi, Macha, tu n'en as pas honte? Tu n'es pas mieux vêtue que moi, n'est-ce pas, Macha?... Mais pourquoi est-ce que tu ne me dis rien, Macha? Tu es malade?

— Non, je n'ai rien, Lioubotchka, je me porte bien, laisse-moi tranquille ; va, habille ta poupée, après tu me raconteras tout ce que tu as vu, fit Macha avec un effort visible.

Lioubotchka, habituée à obéir au premier mot, se retira dans un coin reculé de la chambre, tout étonnée de voir sa cousine si peu aimable et si peu disposée à causer. Aux premiers sons de voix de la fillette, le cœur de Macha s'était serré douloureusement, et ses joues avaient pâli. Accablée, elle se laissa tomber sur une chaise et cacha son visage dans ses mains.

« Partir ! Devenir libre ! Etre heureuse !... Et cette enfant, que deviendrait-elle, à qui la laisserait-elle? Un mois avant elle avait, devant le lit d'une mourante, juré de tenir lieu de mère à Lioubotchka ; était-il possible qu'elle trahît si vite sa promesse, qu'elle oubliât la prière touchante de la défunte? Et serait-elle vraiment heureuse là-bas ? Au milieu d'une vie nouvelle et meilleure, ne serait-elle pas poursuivie par l'image pâle et maladive de l'enfant, abandonnée par elle à une perte certaine ? Mais que faire, mon Dieu ? Fallait-il donc rester ici, et continuer cette interminable lutte quotidienne avec Glafira Pétrovna? Et quand tout cela finirait-il? Lioubotchka n'avait pas encore onze ans, il se passerait au moins cinq ou six ans avant qu'elle fût en état de se défendre elle-même. Six années... mais c'était tout une éternité, et quelles années, les meilleures de la vie humaine, les années de la première jeunesse !... Et l'acte tentateur était là à portée de sa main ; le signer, le renvoyer, et tous ces tracas mesquins prendraient fin... »

Macha étendit la main vers l'acte ; mais en ce moment apparut distinctement devant ses yeux l'image d'Anna Mikhaïlovna, avec ce regard anxieux et suppliant qu'avait la mourante en la priant de ne pas abandonner Lioubotchka.

« Non, je ne peux pas la tromper, je le lui ai promis et je tiendrai ma promesse, quoi qu'il m'en coûte ! »

En disant cela, elle saisit l'acte et le mit en pièces.

Lioubotchka s'approcha de nouveau d'elle.

— J'ai habillé ma poupée, Macha ; puis-je maintenant rester un peu à côté de toi? demanda-t-elle timidement, d'une voix suppliante.

— Oui, oui, tu le peux, ma chérie ; viens, assieds-toi à côté de moi ! s'écria Macha.

Elle attira la fillette, la serra fortement contre sa poitrine et fondit en larmes.

Lioubotchka ne comprenait pas ce que voulaient dire ces larmes : elle ne se doutait pas qu'elle en était elle-même la cause innocente ; elle voyait seulement que sa cousine bien-aimée avait du chagrin et essayait de la consoler avec ses caresses enfantines. Macha se consola réellement bien vite. Elle avait conscience de consentir volontairement, en exécution de la parole donnée et dans l'intérêt d'une enfant sans défense, à continuer une existence qui lui paraissait si désolée, et cette idée la soutenait. Une demi-heure plus tard, elle causait déjà gaîment avec Lioubotchka, quoique, à chaque fois que son regard tombait sur la lettre de Fédia qui se trouvait sur la table, elle sentît son cœur se serrer.

CHAPITRE IX.

CINQ ANS APRÈS.

Lettre de Fédor (1) Serghéïévitch Gourieff à Maria Serghéïevna.

« Chère Macha, te rappelles-tu comment, il y a deux ans, tu me dissuadais de quitter le collège pour consacrer tout mon temps au grand-oncle, dont la santé exigeait des soins incessants ? Tu disais que, puisque le grand-oncle avait d'anciens amis et des parents, je pouvais en toute sécurité le laisser à leurs soins et m'occuper principalement d'achever mes études. Tes paroles me paraissaient, déjà alors, enfantines et irréfléchies ; et maintenant je me suis complètement convaincu de leur peu de fondement. Si j'avais suivi ton conseil, je serais maintenant, il est vrai, étudiant de l'Université, mais je resterais probablement toute ma vie un homme sans fortune; tandis qu'aujourd'hui, après deux ans passés, presque sans le quitter, dans la chambre du vieillard malade, en m'efforçant autant que possible d'éloigner de lui tous ces soi-disant amis et parents, il m'a laissé toute sa fortune,

(1) Fédor est le nom dont Fédia est le diminutif familier.

et j'ai acquis, tout d'un coup, une richesse telle que je ne l'aurais même jamais rêvée. Il est vrai que je n'ai pas vécu à mon aise pendant ces deux ans ; toi aussi, tu as soigné des malades et tu sais que c'est un vrai supplice, surtout quand les malades sont aussi capricieux et exigeants que l'était le grand-oncle. Il est probable que peu de jeunes gens auraient consenti à supporter ce que j'ai supporté pendant ces deux ans ! Mais, en revanche, quand, il y a deux semaines, j'ai accompagné le vieillard à sa dernière demeure et qu'après a eu lieu la lecture du testament par lequel il m'instituait son légataire universel, je me suis senti pleinement récompensé de toutes mes fatigues et privations, de tous les affronts endurés par moi.

« Maintenant, je m'occupe de ma nouvelle installation. Je fais arranger mon appartement à neuf, j'achète des chevaux ; je ne veux pas vivre en avare, comme le grand-oncle. J'aimerais bien que tu viennes chez moi, ma chère sœur. Avec ma nouvelle et riche existence, il me faut quelqu'un pour tenir la maison, et tu consentiras certainement à assumer ce rôle, d'autant plus que ta vie dans la maison de l'oncle est loin d'être agréable. Arrive vers la fin de l'été, d'ici là, tout sera achevé à peu près. Adieu, chère Macha, au revoir ; excuse-moi de t'écrire si peu et si rarement, je n'en ai vraiment pas le temps, je suis si occupé.

« Ton frère affectionné, F. G. »

Environ deux mois après l'envoi de cette lettre, un

fiacre s'arrêtait devant la porte cochère d'une des plus belles et grandes maisons de la rue Litéïnaïa. Sur le siège se trouvait une grande malle ; à travers les vitres on apercevait des coussins et des valises ; évidemment, le fiacre amenait des voyageurs de quelque gare. La portière s'ouvrit, et deux jeunes filles descendirent de la voiture, vêtues de vieux paletots usés, avec des chapeaux laids et démodés, sans gants, dans de grossières chaussures en cuir. La plus âgée s'engagea sous la porte, et quelque peu troublée à la vue de l'escalier magnifiquement décoré, s'adressa au gros et imposant suisse, en lui disant timidement :

— Dites-moi, je vous en prie, est-ce ici que demeure Fédor Serghéïévitch Gourieff ?

— Oui, répondit le suisse, en toisant d'un regard méprisant les nouvelles arrivées ; que lui voulez-vous ?

— Nous sommes venues chez lui... je suis sa sœur, fit l'aînée des jeunes filles en rougissant jusqu'aux oreilles.

L'attitude du suisse changea instantanément.

— Pardon, Mademoiselle, je ne le savais pas, fit-il respectueusement en se levant ; veuillez monter, par ici ; Fédor Serghéïévitch vous attend depuis longtemps, donnez-vous la peine d'entrer.

— Mais j'ai laissé mes effets dans la voiture, fit observer timidement Macha, plus troublée encore par la prévenance du suisse qu'elle ne l'avait été d'abord par sa grossièreté.

— Veuillez ne pas vous inquiéter. Vos effets vous seront immédiatement apportés.

Macha, escortée par le suisse et sa jeune compagne, qui regardait tout avec des yeux étonnés, presque effrayés, entra dans l'appartement de son frère. Cet appartement, qui occupait tout le premier étage

Les deux jeunes filles descendirent de voiture.

de la maison, était très richement décoré et parut aux deux jeunes filles le comble du luxe. Fédor Serghéïévitch — maintenant personne n'oserait certes l'appeler tout simplement Fédia, — reçut sa sœur dans la première pièce et l'embrassa tendrement. Puis ses yeux s'arrêtèrent avec perplexité sur sa compagne.

— Tu ne l'as pas reconnue ? C'est Lioubotchka, dit Macha en se hâtant de la présenter.

— Je ne vous avais pas reconnue, en effet; bonjour, dit Fédor Serghéïévitch en tendant froidement la main à sa cousine.

— Mais toi aussi, tu es bien changé, s'écria Macha en saisissant les deux mains de son frère et en le regardant fixement. Tu étais si petit, si maigre, quand tu nous as quittées ; et te voilà tout à fait grand, tu as même des moustaches ; mais tu n'as pas beaucoup engraissé , est-ce que tu te portes bien ?

— Mais certainement... Cependant, il m'est tout à fait impossible de rester avec toi ; j'ai affaire à un monsieur qui m'attend ; je vais appeler tout de suite ta femme de chambre qui te conduira chez toi A dîner, nous nous reverrons et nous causerons.

Il embrassa encore une fois sa sœur, donna ordre au domestique qui se tenait dans l'antichambre de faire venir la femme de chambre et partit sans même regarder Lioubotchka.

La femme de chambre, dont le costume élégant et les manières aisées déconcertèrent quelque peu les nouvelles arrivées, les conduisit à l'appartement destiné à Macha. C'étaient deux pièces décorées à neuf et assez joliment, quoique peu confortablement meublées ; ces pièces elles-mêmes et tout ce qui s'y trouvait étaient si minuscules, si évidemment appropriées en vue d'une belle apparence extérieure plutôt que d'une réelle commodité, que Macha ne put retenir un soupir en examinant sa nouvelle demeure.

— Pour moi, il n'y a même pas de place ici ! dit tristement Lioubotchka, quand la femme de chambre fut sortie.

— Allons donc, ma chérie, s'écria Macha, en embrassant tendrement la joue pâle de sa cousine, là où je suis, moi, il se trouvera toujours une place pour toi. Je ferai aujourd'hui même acheter un autre lit pour l'installer à côté du mien. Il n'y a pas de mal, si nous sommes un peu plus à l'étroit ; nous ne sommes pas habituées au luxe, nous autres. C'est de nos costumes qu'il faudra nous occuper ; regarde donc de quels épouvantails nous avons l'air.

Un grand trumeau réfléchissait les images des deux cousines, qui formaient en effet un contraste frappant avec la jolie décoration des chambres. Macha portait une sorte de vêtement ample en laine tout usé ; un petit foulard, qu'elle avait au cou, s'était retourné sens devant derrière ; ses cheveux s'étaient défaits en route et, retombant en mèches sur sa figure, faisaient ressortir encore plus la pâleur et la maigreur de ses joues. Lioubotchka rappelait par sa grande taille et sa maigreur un bâton démesurément allongé ; sa robe courte et chiffonnée d'indienne ne cachait pas une paire de très grands pieds chaussés de chaussures grossières ; une nuit sans sommeil avait rougi et enflé ses paupières, et ses cheveux, rares, d'un blond fadasse, se balançaient en deux petites nattes autour d'un long cou.

Pour dissiper l'impression tant soit peu désgréable que l'accueil peu amical de son frère avait produite sur elle, Macha se mit tout de suite à déballer ses effets et ceux de Lioubotchka et à arranger pour elle et sa cousine des costumes quelque peu convenables pour le dîner. Cela demanda passablement de temps, car la garde-robe des jeunes filles était dans un état assez pitoyable. Elles avaient à peine fini de s'habiller que la femme de chambre entra et, retenant à peine un sourire de mépris à la vue des demoiselles qui se passaient de son aide, leur annonça que le dîner était servi.

Macha jeta encore un coup d'œil dans la glace, et fut contente de sa robe de laine foncée qui dessinait avec élégance sa taille svelte ; de son côté, Lioubotchka, vêtue d'une robe de laine bleue avec un ruban de même couleur dans les cheveux, paraissait moins laide, malgré sa mine piteuse.

Le dîner fut assez silencieux. Macha se sentait gênée par les domestiques qui servaient à table ; Fédia avait l'air mécontent. Aussitôt après le dîner, il emmena sa sœur dans son cabinet.

— Dis-moi, je t'en prie, commença-t-il dès qu'ils furent seuls, pourquoi as-tu amené avec toi cette oie-là? Elle me déplaisait déjà, étant enfant, et maintenant il me semble qu'elle est devenue encore pire.

Les larmes vinrent aux yeux de Macha.

— Tu sais, Fédia, dit-elle, qu'il me serait désagréable de me séparer de Lioubotchka. J'étais si contente, quand l'oncle lui a permis de m'accompagner ! Si elle te déplaît tant, nous pouvons demeurer avec elle à part ; l'oncle m'a rendu mon argent ; en outre, je puis travailler...

— Sottise que tout cela, interrompit Fédia ; tout le monde connaît ma fortune, et voilà que ma sœur serait obligée de travailler! cela ne se peut pas. Si tu ne veux pas quitter cette gamine, il n'y a rien à faire ; qu'elle reste ! Mais voilà, toutes deux, vous avez besoin d'être mieux habillées que cela. Je te donnerai de l'argent, va dès demain dans les magasins et fais-toi faire un costume convenable.

— Je n'ai pas besoin de ton argent, j'ai le mien, répondit Macha, qui sentit qu'en ce moment elle ne pourrait accepter même un sou de son frère.

— Eh bien, tant mieux, dit Fédor en remettant avec un plaisir évident la liasse des billets de banque dans son bureau. Et maintenant, dis-moi, veux-tu t'occuper des soins de mon ménage ?

— Soit, si cela t'est utile.

— Comment donc ? Très utile même !

Fédor s'assit à côté de sa sœur et se mit à lui expliquer très longuement et avec beaucoup de bon sens quel ordre il désirait introduire dans sa maison, quels domestiques il fallait, combien il entendait dépenser d'argent, et notamment à quoi. Macha l'écoutait en silence. Tout ce qu'il disait était tout à fait raisonnable ; évidemment il avait réfléchi aux moyens d'arranger son train de vie d'une façon peu coûteuse et en même temps avec luxe et confort, et il avait tout calculé à merveille ; mais le cœur de Macha se serrait douloureusement, et elle avait peine à retenir ses larmes en l'écoutant. Il y avait plus de huit ans qu'elle n'avait vu son frère, et voilà que, le premier jour de leur rencontre, il ne savait pas lui parler d'autre chose que de ménage et d'argent !

Fédor ne s'apercevait pas de l'émotion de sa sœur; il fut complètement satisfait quand, après l'avoir écouté jusqu'au bout, elle dit :

— Tu as très bien réfléchi à tout; je tâcherai de tenir la maison selon ton désir.

Et il ne la retint pas quand, alléguant sa fatigue après le voyage, elle exprima le désir de regagner sa chambre.

Pauvre Macha ! Après tant d'années d'une vie pénible, elle espérait se reposer enfin dans la maison de son frère, elle espérait trouver chez lui l'amour et l'affection dont elle avait tant besoin ; et son premier entretien avec lui, le premier jour passé dans sa maison, lui apprenait combien douloureusement elle s'était trompée.

En invitant sa sœur à venir demeurer chez lui, Fédor ne songeait pas du tout à lui rendre la vie heureuse. Il avait besoin, comme du reste il le lui avait écrit, d'une ménagère dans sa maison, et il avait calculé que sa sœur se montrerait plus honnête et plus zélée qu'une femme de charge mercenaire.

Dès le second jour de son arrivée, Macha inaugurait ses nouvelles fonctions. Celles-ci se trouvèrent bien plus difficiles à remplir qu'elle ne l'avait d'abord imaginé. Fédor voulait mener le train de vie des gens à grande fortune ; mais en même temps il n'aimait pas à dépenser beaucoup. Macha était donc obligée d'être très regardante pour les domestiques, et d'avoir continuellement soin d'économiser sur les dépenses utiles, mais qui ne sautaient pas aux yeux. Ces soins étaient loin de plaire à la jeune fille ; en général, l'existence qu'on menait chez son frère n'était pas selon son cœur. Elle était entourée d'un luxe souvent inutile, et cependant elle manquait de bien des choses nécessaires. Elle était si à l'étroit avec Lioubotchka dans sa chambre à coucher, qu'elles s'éveillaient chaque nuit toutes les deux avec un mal de tête occasionné par le manque d'air ; son salon était aussi tellement petit qu'on ne pouvait y placer ni un bureau pour travailler, ni une bibliothèque. Jamais, quelques dispositions qu'il eût prises, son frère ne lui demandait ni conseil, ni avis, ne tenait compte de sa commodité ou de son désir ; jamais, dans sa conduite envers elle, elle ne remarquait une affection fraternelle, une tendance à se rapprocher, à se lier d'amitié avec elle. En demeurant chez son oncle, Macha n'avait pas été habituée à la bienveillance de ceux qui l'entouraient ; mais ceux-là, elle ne les aimait pas non plus et ne leur demandait qu'une chose, c'était de ne pas lui faire du mal, de la laisser tranquille. Quant à son frère, elle avait, au contraire, dès l'enfance, l'habitude de l'aimer ; elle lui pardonnait tous ses défauts, elle désirait de tout son cœur son amitié ; et sa froideur la faisait profondément souffrir. Dans la grande ville populeuse, la pauvre fille se sentait toute seule.

Fédor avait des amis; mais c'étaient, pour la plupart, des personnes d'un certain âge, très riches et très graves, qui la considéraient d'un air protecteur. Avec ceux-ci elle n'aurait pu se lier d'amitié, elle quittait même à contre-cœur sa chambre, quand ils arrivaient; elle ne s'y décidait que pour complaire à son frère; celui-ci exigeait qu'elle reçût ses hôtes et se montrât avec eux le plus aimable qu'elle pût. Fédor lui-même allait beaucoup dans le monde, mais n'invitait jamais sa sœur à l'accompagner aux bals et aux soirées chez ses amis.

— Tu ne sais pas danser, lui répondit-il une fois qu'elle lui demandait de l'emmener avec lui : cela me gênerait, et puis, pour venir avec moi, il te faudrait dépenser beaucoup trop d'argent pour ta toilette : c'est impossible.

Après une telle réponse, Macha, comme on le pense bien, n'avait jamais plus renouvelé sa prière. Elle était contente alors d'avoir auprès d'elle Lioubotchka. Du moins avait-elle avec qui causer à cœur ouvert, et n'était-elle pas tout à fait seule dans cette maison étrangère pour elle.

Dans les premiers temps, Macha attribuait la froideur et la dureté de son frère à son peu d'amour pour elle, ce qui la chagrinait fort. Mais elle s'aperçut bientôt qu'il n'était pas dur que pour elle. Elle l'avait entendu donner aux domestiques l'ordre sévère de chasser une pauvre femme qui recevait de son grand-oncle une petite subvention mensuelle, et qui venait quémander la continuation de ce secours. Une autre fois, en entrant dans la cuisine, elle trouva la cuisinière tout en larmes, et apprit que, celle-ci ayant brisé par hasard un vase très cher, son maître lui avait retenu un mois sur ses gages, quoiqu'il sût fort bien qu'avec ses gages elle entretenait son mari malade. Macha essaya d'intervenir en sa faveur; mais son frère l'interrompit dès les premiers mots.

— Je ne m'occupe pas de savoir comment mes domestiques dépensent leur argent, dit-il de ce ton froid et décisif qui lui était ordinaire; si je leur permets de casser et de briser les choses qui m'appartiennent, il ne me restera bientôt plus rien.

— Mais tu es pourtant riche, Fédia ; dix roubles c'est une grosse somme pour une cuisinière, et toi, tu dépenses souvent bien plus pour des bagatelles.

— Cela se peut bien ; cet argent est à moi et je le dépense pour mes plaisirs ; les autres ne me regardent pas.

Bientôt Macha reconnut en effet que son frère n'avait vraiment pas l'intention de dépenser son argent pour qui que ce fût, hormis pour lui-même. Le premier jour de l'an, elle reçut une lettre de Léon. Léon écrivait très rarement, une ou deux fois par an, tout au plus, et Macha attendait toujours avec la même impatience de ses nouvelles. Cette fois pourtant, sa lettre lui causa plutôt du chagrin que de la joie.

« Chère Macha ! écrivait-il, je ne me rappelle pas si je t'ai annoncé que notre ancien patron est mort cet automne. La fabrique passa dans les mains de son fils aîné. Le nouveau patron introduisit de nouveaux règlements ; il y eut des mesures de rigueur excessives. Ce qui lui déplut surtout, ce fut la situation qui m'était faite, à moi ; tu sais que l'ancien patron me donnait une nourriture meilleure que celle qu'ont les simples ouvriers, qu'il m'avait réservé aussi une chambre dans sa maison et me procurait les moyens d'étudier quelque peu. Maintenant, — plus. Je travaille, je mange et je vis comme un ouvrier ordinaire et même comme un ouvrier des plus misérables, car la paye que je reçois est tout à fait insignifiante. Notre patron considère aussi comme un luxe inutile de traiter convenablement ses ouvriers. En un mot, la vie que je mène ici est tellement insupportable, que je me suis presque décidé, sans attendre l'échéance de mon contrat, à fuir n'importe où : c'est ce que je ferai aussi, si je n'arrive pas à arranger ma vie comme je le voudrais. Le fait est que le neveu de l'ancien patron, mon camarade de collège, se dispose à fonder au printemps, avec un de ses amis, une petite usine à lui et il m'offre de me prendre comme associé. Pour le devenir, j'ai besoin de 2000 roubles. J'ai écrit cela à mon père en le priant de m'envoyer de l'argent. Hier j'ai reçu sa réponse : il me fait savoir qu'à son grand regret, il ne peut rien faire pour moi : le cher frère Wolodia s'amuse à jouer aux cartes, et il a perdu cet hiver une somme tellement forte, qu'il a presque complètement ruiné mon père. J'étais, je l'avoue, au désespoir en recevant cette lettre : tous mes rêves d'une situation tolérable s'écroulaient tout d'un coup. Mais alors je me suis rappelé que ton frère a recueilli un héritage colossal. Je ne voudrais certainement pas, pour rien au monde, accepter un cadeau de lui : mais il consentira peut-être à me prêter 2000 roubles. Notre entreprise est sûre et mes associés se porteront volontiers garants pour moi : dans quatre ou cinq ans je lui rendrai son argent avec les intérêts. Je ne lui écris pas moi-même, parce que je ne sais pas demander : tu sauras mieux lui expliquer tout et quant à toi, je n'ai pas besoin de longs détails, tu comprendras toi-même l'importance que j'attache à obtenir cet argent. Ma vie actuelle est insupportable et, d'une façon ou d'une autre, je dois en finir avec elle.

« Ton cousin, L. G. »

— Pauvre, pauvre Léon ! pensa Macha, après avoir lu cette lettre, en sentant les larmes lui venir aux yeux ; il faut qu'il ait été bien malheureux, réservé et fier comme il est, pour se plaindre de sa vie et demander du secours. Certes, Fédia ne refusera pas d'accéder à sa demande. Avec une pareille richesse, quelle importance peuvent avoir pour lui 2000 roubles ?

Elle se rendit immédiatement, la lettre à la main, dans la chambre de son frère et lui raconta ce dont il s'agissait, en cherchant à lui présenter, de la façon la plus touchante, la situation de Léon, et la nécessité de lui venir en aide le plus tôt possible.

— Qu'est-ce que tu désires donc de moi? demanda froidement Fédia, après l'avoir écoutée jusqu'au bout.

— Comment, qu'est-ce que je désire? demanda Macha, étonnée; est-ce que tu ne comprends pas? Il te prie de lui préter de l'argent : il a besoin de 2000 roubles.

— Et tu t'imagines que je peux ainsi distribuer mon argent à quiconque me le demande? Il m'en resterait beaucoup à moi-méme, dans ce cas!

— Mais est-ce le distribuer à quiconque, Fédia, que de donner à Léon? Il est ton parent, tu l'as connu dès l'enfance.

— Je l'ai connu comme un vaurien, et tel il est resté jusqu'à présent! Enfant, il ne voulait pas étudier, maintenant, il ne veut pas travailler, le fainéant!

— N'outrage pas Léon, s'écria Macha, dont les joues se colorèrent d'indignation. Il n'est pas du tout un vaurien; il vaut peut-être mieux que toi-même.

— Eh bien! s'il vaut mieux, il n'a donc pas besoin de venir m'ennuyer, répondit Fédia avec le même ton froid; on a appris que je suis devenu riche, et voilà que tout le monde s'est souvenu de moi! Mais moi aussi, j'ai eu bien de la peine à avoir cet argent: penses-tu que je n'aie rien de plus pressé que de me mettre à le distribuer à tous les fripons?

Macha sentait qu'un torrent de reproches allait lui échapper, qu'elle ne pouvait plus se maîtriser, et c'est pourquoi elle se hâta de regagner sa chambre.

Elle était révoltée jusqu'au fond de son âme. Jamais, au grand jamais, elle ne se fût attendue à une telle avarice, à une telle cruauté de la part de son frère. Alors, tout d'un coup, lui revinrent à l'esprit mille petits accidents de leur vie de famille, auxquels jusqu'ici elle n'avait prêté aucune attention : elle se souvint combien son frère dépensait volontiers pour ses propres plaisirs, pour satisfaire à ses fantaisies, et comme il devenait calculateur chaque fois qu'il s'agissait de venir en aide aux autres. — Et son cœur se serra : ce qui se présentait quelquefois vaguement à son esprit et qu'elle en chassait comme une idée injuste, — était la vérité : son frère était un dur égoïste, qui ne pensait qu'à soi, qui ne s'occupait que de soi. Cette constatation causa une douleur indicible à Macha. Elle aurait tant voulu aimer son frère, elle aurait tant voulu se persuader qu'il n'était froid qu'en apparence, et que son cœur était bon! Dans les premiers moments, le chagrin de s'être ainsi trompée sur le compte de Fédia lui fit même oublier la lettre qu'elle venait de recevoir. Mais quand elle s'en souvint de nouveau, quand elle songea au pauvre Léon qui, sans doute, attendait avec impatience sa réponse, elle ressentit une angoisse poignante.

« Que lui écrirai-je ? se demandait-elle marchant avec agitation dans sa chambre. Faut-il lui écrire qu'il n'a rien à espérer, qu'il peut faire ce que bon lui semble, que personne ne lui viendra en aide ? Non, c'est impossible ! Il faut que je fasse quelque chose pour lui... Mon Dieu, que je suis stupide!... mais j'ai de l'argent à moi...

Macha s'arrêta, et sa figure rayonna tout d'un coup d'une telle joie, que Lioubotchka, qui suivait des yeux tous ses mouvements, ne put s'empêcher de lui demander :

— Qu'as-tu donc, Macha ?

Celle-ci se mit à rire joyeusement.

— Voilà que je me démène et que je me creuse la tête à trouver un moyen de venir en aide à Léon, alors que j'ai de l'argent à moi : je puis dès demain lui envoyer 2000 roubles.

— De ton argent à toi, Macha ? Mais tu n'en as plus beaucoup déjà ! Tu dépenses tant pour moi, ici ! Et puis tu voulais, avec ce qui te reste, t'établir d'une façon quelconque, afin que nous puissions vivre seules, sans le secours de Fédia !

— Cela ne fait rien, ma chérie; nous nous arrangerons comme nous pourrons. Il faut aider Léon. Tu as lu sa lettre ?

— Macha, que tu es bonne ! s'écria Lioubotchka, en embrassant sa cousine.

Le lendemain même, Macha écrivit à son cousin une lettre très affectueuse ; pour ne pas l'offenser, elle ne lui disait pas comment Fédia avait accueilli sa demande ; mais elle lui proposait simplement d'accepter d'elle l'argent qu'il lui fallait, en l'assurant qu'elle n'en avait nul besoin en ce moment, et qu'elle était très contente de lui rendre service.

Dans les premiers temps, Macha ne croyait pas

en effet avoir besoin de cet argent, et se sentait très heureuse à l'idée que, grâce à son assistance, Léon serait tiré d'embarras. Mais elle eut bientôt à regretter de ne pas posséder, pour le moins, la moitié de la richesse de son frère.

Le climat de Pétersbourg produisait une fâcheuse influence sur la santé de Lioubotchka ; en dépit des soins que lui prodiguait sa cousine, elle dépérissait à vue d'œil. Macha consulta les médecins ; ils lui déclarèrent franchement que sa cousine ne supporterait pas l'automne de Saint-Pétersbourg et qu'il était indispensable de l'emmener à l'étranger ou tout au moins à la campagne, dans un climat plus chaud. Macha ne savait réellement pas que faire. Quelle décision prendre ? Son argent lui suffisait tout juste pour passer à peu près deux ans à l'étranger ; mais que feraient-elles après ? Elles seraient obligées de revenir sans un sou en poche, et de vivre alors complètement aux frais de Fédia. Cet avenir était loin d'être agréable. Et cependant que faire ? Pouvait-on ainsi laisser s'étioler la pauvre fille ? Macha résolut de s'adresser à son frère, non pour lui demander du secours — après le refus qu'il avait opposé à Léon, elle jugeait cette démarche inutile, — mais simplement pour avoir son avis.

— Il me semble qu'il n'y a pas à hésiter là-dessus, répondit Fédia, après avoir écouté attentivement sa sœur ; renvoie-la chez son père, voilà tout.

— Fédia, est-ce que tu ne te rappelles pas combien la vie est triste chez l'oncle ? peux-tu me conseiller sérieusement de lui renvoyer Lioubotchka!

— Mais que faire? Tu ne peux cependant pas toute ta vie l'avoir à ta charge! Tu as déjà fait pour elle bien plus que tu ne devais.

Macha ne répliqua plus rien. Elle sentait que son frère ne lui donnerait pas un conseil qu'elle pût suivre, et sans lui dire un mot, elle se mit à réfléchir elle-même aux moyens d'arranger leur vie, à elle et à Lioubotchka.

CHAPITRE X.

LA MAÎTRESSE D'ÉCOLE.

L'hiver, la neige couvre d'une couche épaisse les champs et les prairies. Loin des chemins de fer et des routes carrossables, au milieu de collines peu élevées et de bois touffus, s'étend un grand village. Presque au centre s'élève une maisonnette qui ne se distingue des izbas ordinaires des paysans que par ses dimensions un peu plus spacieuses, sa propreté plus grande et les fenêtres qui laissent passer un peu plus de lumière. Dans cette maison se trouve l'école du village.

Il n'y a qu'à ouvrir la porte qui de la rue mène dans un large vestibule à moitié obscur, pour être frappé par un bruit confus de voix d'enfants. A droite une porte donne du vestibule dans une grande pièce claire. Les murs n'en sont ni tapissés de papier, ni même crépis, le plancher n'en est pas peint ; elle est remplie de simples tables en bois blanc et de bancs pareils. Sur ces bancs sont assis à peu près une trentaine d'enfants de paysans ; leurs vêtements sont pauvres, leurs figures et leurs mains sont loin d'être d'une propreté irréprochable.

A première vue, l'école vous frappe par une certaine absence d'ordre : les enfants n'attendent pas avec un maintien cérémonieux et dans un respecteux silence la question du maître ; ils ne s'occupent même pas tous de la même chose. Les uns ont devant eux des livres ouverts, et évidemment, ne sachant pas encore lire mentalement, prononcent les mots à mi-voix, s'adressent souvent aux voisins pour obtenir l'explication de ce qu'ils ne comprennent pas, rient des expressions qui leur paraissent amusantes, font leurs observations sur ce qu'ils ont lu. Deux mioches sont tellement absorbés dans leur occupation qu'ils ont l'air d'avoir oublié tout ce qui les entoure : ils se sont bouchés les oreilles avec leurs mains et lisent presque tout haut; trois autres, attirés par cette lecture, ont laissé là leurs livres et écoutent en retenant leur haleine.

D'autres enfants écrivent : ils tracent avec soin, sur des ardoises, de grandes lettres qui, chez la plupart, ressemblent plutôt à des pattes de mouches, et souvent s'interrompent pour faire une observation sur leur propre travail ou sur celui d'autrui. Devant un grand tableau noir, accroché à l'un des murs de la pièce, se tient un groupe d'écoliers. La maîtresse leur explique un problème ; ils écoutent attentivement, l'interrompent à tout moment avec leurs questions et s'efforcent de répéter eux-mêmes ses paroles pour lui prouver que ses explications ont été comprises.

La porte donnant dans une chambre voisine s'ouvre

et sur le seuil apparaît une grande et svelte jeune fille.

— Deux heures ont sonné depuis longtemps, Macha, dit-elle à la maîtresse : il est temps de finir.

La salle d'étude de l'école.

— Entendez-vous, les enfants, annonce la maîtresse en s'efforçant de parler le plus haut possible, afin que tous puissent entendre sa voix ; il est temps de finir ; faites-moi voir vos écritures et allez-vous-en chez vous.

— Petite tante (1), attends un peu, implore d'une

(1) *Petit oncle, petite tante* : termes de respect amical que le peuple russe, adresse aux personnes d'un certain âge.

voix plaintive un gamin à tête blonde ; laisse-moi terminer la lecture de mon conte : c'est si intéressant !

— Termine-le, termine-le, Pétroucha, répond d'une voix caressante la maîtresse ; je ne te chasse pas.

Une dizaine de menottes se tendent vers elle avec des ardoises couvertes d'écriture. Elle loue les uns, dit aux autres d'un ton triste : — « Vois-tu, tu ne t'es pas appliqué cette fois encore ; demain tu seras obligé de récrire la même chose ! » encourage le troisième en disant : — « Cela ne fait rien : cela va mieux ; applique-toi encore un petit peu, et ce sera tout à fait bien ! »

La horde bruyante des enfants s'élance en courant hors de l'école et s'éparpille dans le village, se hâtant de regagner le logis pour répéter aux petits frères et sœurs, aux bonnes mères et aux vieilles grands'mères, tout ce qui a été raconté et lu à l'école. Pétroucha sort après tous les autres. Il ne court pas après les camarades, il ne leur jette pas des boules de neige, il ne fait pas des glissades sur les mares gelées, comme eux ; il va la tête baissée et réfléchissant à quelque chose : le conte qu'il vient de lire a évidemment produit sur lui une forte impression, suscité en lui certaines idées nouvelles. La petite tête a peine à en débrouiller l'écheveau ; mais l'écolier ne les chasse pas ; l'expression sérieuse de son petit visage indique que ces idées seront suivies d'autres et que l'enfant n'envisagera pas en ignorant tout ce qui l'entoure.

La sortie de l'école.

Après avoir congédié les élèves, la maîtresse — vous avez, sans doute, deviné que c'était notre ancienne connaissance Macha ou Maria Serghéïévna Gourieff, — entra dans sa chambre. Celle-ci, qui se trouvait à côté de la pièce occupée par la classe, était vaste et claire, mais très simplement meublée. Une draperie en laine foncée la divisait en deux parties : dans l'une, la plus petite, étaient placés deux lits, une petite commode et une armoire ; l'autre, la plus grande, tenait, à ce qu'il semblait, lieu de salon, de cabinet de travail et de salle à manger. Auprès d'une des fenêtres, une table, autour de laquelle était occupée une autre ancienne connaissance à nous, Lioubotchka. Un an et demi d'une vie calme et saine l'avaient beaucoup changée ; elle avait pris de l'embonpoint, ses joues s'étaient colorées ; son regard était animé et satisfait.

— Sais-tu, Macha, fit-elle, en mettant le couvert sur la table, quelle longue promenade j'ai faite aujourd'hui ? J'ai été à Prokhorovka chez le menuisier ; sa femme va mieux, elle se rétablira bientôt tout à fait.

— A Prokhorovka ? Tu as donc fait ainsi plus de cinq verstes à pied ? Et tu n'es pas fatiguée ?

— Comme tu le vois, point du tout, puisque je me porte tout à fait bien à présent. Le menuisier te prie de prendre dans ton école ses deux fils.

— Eh bien ! c'est parfait... Seulement, ils sont encore si petits ! Comment viendront-ils de si loin ?...

— Cela ne fait rien : ils ont un tel désir d'étudier !...

Comme tout le monde t'admire, Macha ! Le vieux Sidor dit :

— D'abord nous avions peur d'envoyer nos enfants à l'école; nous croyions qu'ils n'y deviendraient que des polissons, et maintenant nous sommes absolument enchantés, nous voyons que Maria Serghéïévna leur apprend vraiment la sagesse et la raison ; et Matriona, la femme du forgeron, voulait venir elle-même te remercier ; elle dit : « Auparavant, il n'y avait pas moyen de venir à bout du mioche, tellement il était turbulent ; maintenant le voilà devenu tout autre : dès qu'il revient à la maison, il se met à lire ou bien il conte quelque chose à sa petite sœur, et cela si bien, qu'on s'oublie à l'écouter. »

Maria Serghéïévna rougissait et riait, en entendant ces louanges qui, visiblement, lui procuraient un grand plaisir.

Les deux cousines se mirent à table. Leur servante unique, la grosse Marfa, leur servit le dîner, qui consistait en deux plats simples, mais savoureux, qu'elles se mirent à manger de grand appétit. Elles n'avaient pas encore eu le temps d'achever le second, que Lioubotchka se leva précipitamment de sa place.

— Mon Dieu, que je suis étourdie ! s'écria-t-elle. J'ai complètement oublié de te dire que le forgeron est allé ce matin en ville et t'a apporté une lettre. Où l'ai-je donc fourrée ?... Ah ! la voilà !

Elle tendit le pli à sa cousine. A la campagne, la réception d'une lettre produit toujours une émotion insolite. Maria Serghéïévna s'en empara vivement.

— C'est de Fédia ! Voilà qui est étrange, il y a plus d'un an qu'il ne nous a pas écrit, s'écria-t-elle.

Et elle se mit à lire à haute voix les lignes suivantes :

« Chère Macha ! je ne t'ai pas dissimulé combien m'a chagriné et même fâché ton départ brusque de Saint-Pétersbourg et ce bizarre genre de vie que tu as choisi. J'espère que l'expérience d'un an et demi t'a convaincue de l'absurdité de ce choix et t'en a inspiré le regret. S'il en est ainsi, tu peux renoncer à ton projet extravagant de passer ta vie dans un village obscur. J'ai eu ces jours-ci l'occasion d'acheter, à des conditions très avantageuses, une grande maison qui, avec une gestion intelligente, me rapportera pas mal d'argent. En conséquence, j'ai à présent encore plus à faire qu'avant, et il me serait très agréable d'avoir une aide telle que toi. En ce moment, la situation de ma fortune me permet de te procurer une vie plus confortable et plus gaie que celle que tu as menée lors de ton premier séjour à Saint-Pétersbourg. Le cercle de mes amis s'est considérablement agrandi, de sorte qu'il ne te sera probablement pas difficile d'en trouver parmi eux à ton gré. Réfléchis à ma proposition, ma sœur ; réfléchis-y sérieusement. Maintenant je t'offre amicalement et en toute sincérité de partager avec moi mon existence tranquille et riche ; mais je ne sais pas si je consentirai jamais à renouveler cette offre, au cas où tu y répondrais par un refus, où tu ne voudrais pas quitter immédiatement cette vie absurde et, on peut le dire, humiliante, que tu mènes à présent. Adieu, ne te hâte pas de me répondre ; il me semble d'ailleurs que tu n'as pas à hésiter.

« Ton frère qui t'aime et te plaint, F. »

Après la lecture de cette lettre, le silence s'établit pour quelques instants dans la chambre. Maria Serghéïevna se rejeta sur le dossier de sa chaise et devint rêveuse. Lioubotchka épiait anxieusement l'expression de son visage. Ce fut elle qui, la première, reprit la parole.

— Eh, bien quoi, Macha ? fit-elle en essayant de donner à sa voix une expression calme. Va à Saint-Pétersbourg ; tu n'as pas besoin de penser à moi ; j'irai chez Léon : il sera bien aise que je consente à passer quelque temps dans sa fabrique.

— Et mes élèves d'ici ? Et les projets que nous faisions d'agrandir notre école à partir de l'année prochaine et de te prendre pour adjointe ? Je quitterais tout cela et je partirais... pourquoi ? Pour aider Fédia à gagner de l'argent ? Mais il réussit d'une façon admirable sans moi !

Maria Serghéïévna était visiblement agitée ; elle se leva et se mit à marcher à grands pas dans la chambre.

— Tu parles toujours des autres, Macha, fit observer Lioubotchka ; pourquoi ne penserais-tu pas un peu à toi-même ? pourquoi ne vivrais-tu pas pour toi, pour ta propre satisfaction?

— Je ne comprends pas, s'écria Maria Serghéïévna, ce que c'est que de vivre pour sa propre satisfaction. Est-ce que cela n'est pas une satisfaction pour moi, que tu sois devenue maintenan tout

Macha au milieu de ses élèves.

à fait forte et bien portante ? Est-ce que ce n'est pas une satisfaction pour moi, que de voir mes élèves prendre goût à l'étude, désirer l'instruction, pour devenir un jour, peut-être, grâce à moi, des hommes sensés et intelligents ? Est-ce que tu peux supposer qu'un bon diner ou un riche appartement dans la maison de Fédia me procureraient une joie plus grande? Regarde seulement, comme je suis devenue forte ici, quelle bonne mine j'ai et comme je suis gaie. Est-ce que chacun, en me voyant, ne dira pas que je suis heureuse ?

— Pourtant, Macha, tu trouves quelquefois toi-même qu'il serait agréable d'avoir autour de nous au moins quelques personnes instruites...

— Mais oui, c'est vrai ; seulement cet inconvénient n'est pas tout de même tel qu'il faille quitter pour cela notre bonne et heureuse vie. Que Fédia pense de moi ce qu'il voudra, qu'il me plaigne ; mais moi, je me considère comme plus heureuse que lui ; et pour rien au monde je ne voudrais comme lui vivre exclusivement « pour mon bonheur personnel ».

TABLE DES MATIÈRES

TABLE DES GRAVURES

POITIERS. — TYPOGRAPHIE OUDIN ET Cie.

www.ingramcontent.com/pod-product-compliance
Ingram Content Group UK Ltd.
Pitfield, Milton Keynes, MK11 3LW, UK
UKHW031858260826
14628UKWH00002B/845

9 782329 479545